海天译丛

[葡]雅拉·蒙德罗 著
尚金格 译

·深圳·

图书在版编目（CIP）数据

寻/（葡）雅拉·蒙德罗著；尚金格译. — 深圳：海天出版社，2021.10
（海天译丛）
ISBN 978-7-5507-3282-7

Ⅰ. ①寻… Ⅱ. ①雅… ②尚… Ⅲ. ①长篇小说－葡萄牙－现代 Ⅳ. ①I552.45

中国版本图书馆CIP数据核字(2021)第184525号

版权登记号　图字：19-2021-123号
Essa Dama Bate Bué!
Yara Nakahanda Monteiro
© Yara Monteiro (2018)
Work published with the support of the
Embassy of Portugal in Beijing
本书在北京葡萄牙大使馆支持下出版

寻
XUN

出 品 人	聂雄前
责任编辑	邱秋卡　胡小跃
责任校对	张丽珠
责任技编	梁立新
装帧设计	龙瀚文化

出版发行	海天出版社
地　　址	深圳市彩田南路海天综合大厦（518033）
网　　址	www.htph.com.cn
订购电话	0755-83460239（邮购、团购）
设计制作	深圳市龙瀚文化传播有限公司 0755-33133493
印　　刷	深圳市希望印务有限公司
开　　本	889mm×1194mm　1/32
印　　张	7.5
字　　数	127千
版　　次	2021年10月第1版
印　　次	2021年10月第1次
定　　价	38.00元

版权所有，侵权必究。
凡有印装质量问题，请随时向承印厂调换。

献 给

外高祖母娜卡班达
曾祖母菲利西亚娜
奶奶若里娅
我的母亲
我的姨妈万妲

我的爷爷费尔南多·卡尔西亚
我的父亲
和
我的丈夫

命运对我太过苛刻。这让我感到困惑。把我种植在那里，却又将我连根拔起。

可再也没有一片土地，能让我如此依恋。

——米格尔·托尔加，《日记》（XIII–XVI）
1990年9月9日于圣马尔迪尼奥德安塔

序 言

  我在安哥拉出生，在葡萄牙长大，漫长岁月里，一直觉得故乡离我很遥远。

  通过家人的回忆，我回到了从来不属于我的年代，但在很长的时间里，我曾经属于那个地方，尤其在我的童年和少年时期。很久以来，我的内心都没有归属感，我并不了解祖先的故事和安哥拉的历史。通过这部小说的创作，我仿佛找到一个专属于自己的空间，并在其中寻找家人的故事、葡萄牙殖民主对当地的影响、独立战争中风雨飘摇的安哥拉、1975年白人返回葡萄牙，以及为了国家独立而付出一切的安哥拉女性。

  这部小说的主线是女主人公返回安哥拉寻找自己的母亲，一个为国家独立而拼搏的女战士。

小说还刻画了一些被边缘化、坚韧不屈和怀揣梦想的女性。

希望中国的读者朋友们喜欢这本小说。

雅拉·蒙德罗

1

我的第一个记忆是一棵树；第二个记忆是一朵浪花。我没有影子，飞过扎根海底的树林。在那一刻之前我不存在，在那一刻之后也不存在。这些画面闯进了我的梦，并把我从梦中惊醒。

有时，记忆会飘散出强烈的酸奶的香气，还有残留在我舌头上咸涩汗味。一方面，它让我感到欣慰，另一方面，它也让我很焦虑。因为，我关于母亲的记忆一片空白。说句心里话，它不能说是我的记忆，我知道这一点。我母亲名叫罗莎·希图拉，她比我更爱安哥拉，她在为这个国家而战斗。我叫维多利亚·格鲁斯·达丰塞卡。我是女人，黑皮肤的女人。

2

艾丽莎·瓦伦特·帕切科·达丰塞卡和安东尼奥·格鲁斯·达丰塞卡的长女出生于1944年3月31日。为了纪念长女的曾祖母,她被取名为罗莎·希图拉。

我的母亲个性刚强,从不理会传统的陈规旧约。因此,她被席尔瓦波尔图①修女学校开除学籍。安东尼奥外公深知女儿秉性倔强,家庭生活和家务会让她厌烦痛苦。外公越是严厉教育,她反而越加叛逆,直到他放弃对女儿严苛的管教。

为了让女儿时刻都在自己的眼皮下,外公在前往咖啡种植园、牧场或者商店时,都让她同行。正是在那时,形影不离的父女二人成了一对搭档。

慢慢地,外公开始信任自己的女儿,并把生意中的管理工作交给她做。过了一阵子,她已经开始指导当地

---

① 席尔瓦波尔图,殖民地时期安哥拉中部城市比耶市的旧称。

员工了。安东尼奥不仅器重女儿,而且认为当地人惧怕女儿罗莎深藏不露的威慑力。她的穿着和帽子下的发辫使她的面容显得更加精致。她长着一张年轻的混血儿面孔,这让她的父亲感到困惑不已。

时间一点一点地过去了,外公认为让女儿在农场里工作是明智的。至少到二十世纪六十年代初期,他依旧相信这是个好主意,当时社会上开始出现运动新思潮和激进的思想。

在罗安达,一些反动团体组织当地居民上街游行。尽管中央政府起初尝试消除漫天的流言蜚语,可是消息却比羚羊跑得快,迅速在全国传播开来。外公完全被葡萄牙同化,尤其是他的葡萄牙语。他把民族主义运动看作是对宁静殖民地的阴险叛变。但是,对于葡萄牙政府的态度,他十分惊讶:它不停地揉搓自己的双手,仿佛不知道该如何解决已经存在的大问题。

母亲罗莎一直拥有一个自由的灵魂,反对压迫。反帝国主义的起义纷纷涌现,广播、报纸不再忽视无序的掠夺、暴力和绑架,白人和黑人之间的关系愈加紧张。

每当吃晚饭时,母亲罗莎便会谴责自己的父亲不及时支付当地员工的工资。

"哪些黑人脑子里会装着共产主义的想法?"安东尼奥外公咆哮着喊道,手掌用力拍打桌子。

交谈不欢而散，随后，外公开始监视女儿。俗话说，踏破铁鞋无觅处，得来全不费功夫。安东尼奥外公只用了一小步便证实了自己的猜测是正确的。他打破常规，在没有通知任何人的情况下，决定在家里待一个上午，结果在女儿的床底下发现了传单。他把传单拿给外婆看，并指责说是因为她的放纵才导致罗莎如此恶劣的行径，随后他把传单撕毁了。为了避免父女之间的争吵，外公并没有与女儿交谈。

事实上，爱总会让我们有些短视。安东尼奥外公对女儿的行为一直假装看不见，直到有一天，她在俱乐部的咖啡桌前侃侃而谈：

"他们依旧没有采取行动，因为我是您的女儿，但总有一天他们会别无选择，前来警告您。"

家庭问题变成了公共事件，母亲罗莎开始在卡库雷托的监视下生活，后者是外公的忠实副手。尽管如此，一切为时已晚。

在那个星期六，当卡库雷托敲开老板的房门，想向他汇报的时候，安东尼奥外公正在办公室里调玉米糊。卡库雷托的腋下夹着一份报纸。透过员工的激动，安东尼奥外公才明白事情的重要性和紧迫性。他放下手中的餐具，命令卡库雷托进来。卡库雷托胆战心惊地把报纸递给老板。外公紧张地打开报纸，看到第八版上用黑体字印刷的标题：反对殖民制度的和平游行示威。他念起报道内容，站起身怒吼：

"刚刚我读到了什么！"

惊愕摧毁了这个老板的理智。在新闻标题的下方，刊登着游行示威的照片。我的母亲，他的女儿，站在游行队伍的第一排，手里举着一条横幅，上面写着"安哥拉是安哥拉人的安哥拉"。

外公意识到"同化者的女儿手中举着反抗的大旗"。他感觉受到了蒙骗，手里拿着一根皮带冲向门廊，外婆和姨妈们急忙上前拦阻他。

被打当天，母亲就离家出走了，此后再也没有回来，外公也没有出去寻她。

几个月后，反殖民战争爆发了。城市里的抵抗运动迅速蔓延到全国，黑人和混血儿开始了野蛮的行径：砍掉男人的头颅，剖开女人的肚子，肢解年幼的孩子，屠杀那些不愿意参与起义的人。

在雨季到来之前，外公一家和工人们一起逃离席尔瓦波尔图。后来，他们烧毁种植园，把不能带走的家畜都放生了。

就这样，他们抵达了新里斯本，即后来的万博市。安东尼奥外公与总督、农场主以及其他被葡萄牙同化的商人们举行会议。他们达成了一致的意见：战争的导火索已被点燃，大家都害怕失去生命和财产。在罗安达，已经有葡萄牙人开始举家搬回里斯本。即便如此，安东尼奥外公依旧相信幸运之神会眷顾他，因此，决定在新里斯本继续开商店，经营货车运输的生意。

生活的不幸创造了机会。他为政治冲突的双方做事，并且打算一直在两派之间左右逢源，直到秘密被发现的那一天。

中性的肤色让他处于两个世界之间：对一些人来说，他不是纯正的黑人，对于另外一些人来说，他更不是白人。他很尊敬葡萄牙人，并且可以接纳其他人。无论是白人还是黑人，都会向他问好，祝他平安。

3

母亲失踪已有十五年之久,她再次出现的时候,把我丢在了外公外婆的家门口。那时,我才两岁。从那以后,就再也没有她的消息了。

1980年8月1日,安东尼奥外公熬夜匆匆忙忙地起草了一份有关家庭财产管理的声明。他在一张二十五行的蓝色纸上写下委托书,一式两份,随后离开了自己的豪宅、农场、商店以及货车运输队。

这意味着卡库雷托将彻底享有安东尼奥·格鲁斯·达丰塞卡的财产,自在席尔瓦波尔图时起,他便是外公忠实的助手。"照顾好一切,直到永远。"结束了。也许,这正是卡库雷托想得到的东西。

中部高原的军事行动愈演愈烈,主要仓库被炸毁,食品和燃油开始出现短缺。幸好外公与军队高官有密切联系,我们家才得以补充一些必要的食物。正如艾丽莎外婆经常抱怨的那样,大家是靠吃"战争的炮灰"才活下来的。

期待罗莎能回来,结果却石沉大海,就像一个自缢的乌托邦。子弹射穿了商店的窗户,虽然已经过去了八天,枪声依旧在耳边回响。安东尼奥外公不得不背叛自己的血统,不再推迟全家迁往里斯本的计划。假如发生不测,艾丽莎会面临求助无门的困境。从内战爆发到现在,已经过去五年了,外公身边的人越来越少,他们会继续留在安哥拉,但都逃往首都罗安达。

按照习惯,外公会在八月寒冷的清晨打开办公室的窗户。他喜欢看旱季里的浓雾闯进客厅,雾气与他嘴里吐出的长长的香烟烟雾交织在一起。

"胆大包天!"他愤怒地咆哮着。"我只做自己想做的事,不做他人想要我做的事。"他高声重复了三遍,同时感到愤怒使他的身体变得越发僵硬。外面的枪声并没有吓退他倔强的傲慢。

"龟儿子,他们在挑战我。谁来做评判?"他心中疑惑,没有找到答案。

他很难安静地坐下来。

他用大大的方形手掌抚摸着胡子,站在原地,右手大拇指放在下巴上,然后,紧紧地闭上双眼。同一只手的食指托着一副大号棕色眼镜的鼻支架。手指试图——好像那是可能的——创造一种反重力。眼泪开始在他圆圆的脸上流淌。他急忙从裤子口袋里掏出手帕，擦干眼泪，随后试图用同一块手帕擦掉纸上的墨水留在手上的蓝色污渍。

他陷入了沉默。有几分钟，他坐在椅子上直勾勾地盯着高脚的烟灰缸。没有抽完的AC牌香烟烟头躺在灰烬中。他拿起打火机，打开盖子，转动打火轮。火石迅速燃起火焰，点燃一沓机密文件。当一切都化为灰烬时，他一口喝掉一杯威士忌，接着开始清理办公桌。

"时间快到了。"当他看到手表上的指针已经指向六点四十分时，想道。宵禁结束了。

他把打火机、烟盒和钢笔放在衬衫左侧的口袋，关上窗户，拿起公文包和马格努姆左轮手枪，然后将钥匙插在自己办公室门上的锁孔里，离开了那里。

充斥整栋房子的寂静放大了军人走路时产生的噪音。他走到主卧，看到艾丽莎外婆刚收拾完出发要用的行李。他发现妻子非常瘦，像是挂着一件衣服的衣架子。结婚三十七年，他第一次看到艾丽莎的无名指上没有佩戴戒指。他没有说话，现在并不是发脾气的时候。

"艾丽莎！十分钟后大家在车子那边集合。"他命令道，接着，关上房门。

随后，艾丽莎外婆、我以及她的两个女儿（我的姨妈们）来到车子旁。行李已经完全装好，大家坐在车子里等待着。我们将由分别乘坐三辆吉普车的八个男人护送。

我们之所以延迟出发,是因为总是有影子跟随着我们。这些影子是:比亚女士、艾尔米尼亚和坎迪达。她们跟在我们身后,低着头,举起双臂,并摊开手掌朝着天空。她们边跳边唱,做了一连串悲伤的祈祷,希望出现奇迹。

在最后的离别拥抱中,手臂拥抱着身体,面容拥抱着眼睛,眼睛又拥抱着灵魂。

尽管外公的承诺是善意的,遗憾的是,女人们知道她们再也不会见面了。逃离战争时,我们只能带走可以带走的东西。因此,比亚女士、艾尔米尼亚和坎迪达三人对于格鲁斯·达丰塞卡来说是非常沉重的负担。我们一家人的离开,承担着那些赋予我们生命的人的死亡的重负,但现在我们决定将这一切都抛诸脑后。

外公的保安们同意将车辆组成一个纵队,在远离主干道的小路上行驶,试图躲开克莱莫地雷的伏击。但让人十分惊讶的是,当我们在路上行驶的时候,安东尼奥外公通过对讲机命令改变行驶路线,让车队转向主干道。

"我们去见大酋长。"他说道,这让所有人都感到迷茫。没有人敢质疑他的决定或者询问改变路线的具体细节。

随着我们靠近村庄,战争最明显的标记是人们日常生活的死寂，似乎连杂草也停止了呼吸。

车内，我持久的哭泣声提示着我的存在。我张大嘴，摇晃着脑袋，寻找艾尔米尼亚奶妈的乳房。尽管姨妈们和外婆试图让我安静下来，我却丝毫没有收敛。艾尔米尼亚和她的乳房都被遗弃了。

现在是清晨八点二十分，旱季的浓雾已经消散。远远便可以看到酋长家里巨大的榕树。曾经枝繁叶茂的大树，如今只剩枯枝败叶。

"战争在接触到我们的皮肤之前，便吞噬了我们的尊严。"看到大树时，外公叹着气陷入了沉默。

外公第一个下车。他打开后备厢，拿出一个很大的粗麻布袋，然后让我们下车，跟着他走。外婆、弗兰西斯卡姨妈和伊撒尔蒂娜姨妈服从了。他说着自己最棒的主意——"我来保护女人"。卡库雷托手持步枪跟着我们。外公的食指在空中转了一圈，卡库雷托明白老板的意思——谁让你来掺和的？于是他转身回到司机的位置上。

我们刚到，卡丁巴酋长就用灿烂的笑容迎接朋友。他像以前那样拥抱问候，分享着外公的幸福：

"奥基祖阿吉雅库福阿基莫西。"①

外公重复了一遍谚语：

---

① 安哥拉金本杜语谚语："人总有一天会死，每个人都有自己的命运。"

"奥基祖阿吉雅库福阿基莫西。"

他们拥抱并互相亲吻脸颊。

"我是一头羚羊,他们肯定会抓到我。"外公解释说。

我的哭声越来越大,还伴随着用力踢腿的声音。

"孩子想感受大地。"卡丁巴指着地面说。

他说得有道理。他们一让我坐在草地上,我便停止了哭闹。

卡丁巴看了我很长时间,预见了自己朋友的烦恼:

"这是谁的女儿,以后也是个……"酋长从牙缝里挤出一句话,把我和妈妈做比较。

一番问候过后,卡丁巴和外公走到一棵榕树下。那里摆放着酋长巨大的黑木宝座,旁边的小椅子是为客人准备的。外公学习卡丁巴的样子,半蹲半坐地靠在榕树的主干上。

外公这次来到酋长的地盘,并不是为了和他下棋。

"哇,天气真冷!"卡丁巴抱怨说,他决定完全坐在地上。"我累了。"他继续自己的感叹。

"不同父母的孩子们,都来自同一片大地。他们残害自己的兄弟,强奸自己的姐妹,把武器交到孩子手中。我们是魔鬼。哎,天气真冷啊!"

安东尼奥外公不知道该说些什么,为了安慰朋友,给了他一根点燃的香烟,又给自己点燃了另一根。两个人就那样坐着,没再说一句话。言语像战场上的子弹一样珍贵,他们把它们都封存起来,只在必要的情况下才使用。他们快速地抽着烟,直到烟燃到滤嘴,几乎在同一时间,他们在榕树上熄灭了烟头。

卡丁巴站起身,径直地朝他的茅草屋走去,呼喊着自己的妻子。很快,他的妻子便出现了。快速的交流过后,她飞快地跑了出去。

与此同时,安东尼奥外公也喊来自己家的女人们。好奇的外婆和姨妈们加快步伐,很快来到外公身边。至于我,他们把我放在后面。我不知道到底发生了什么。

"你们把鞋子脱掉,放好!"外公要求她们。

她们虽然反感外公的要求,但都异口同声地说:

"好!"

外公依旧在强调:

"《路加福音》里说过:'你们要回想罗得的妻子。'①"在漫长的暂停之后,大家都明白他想说什么。外公继续说:"我们不想变成盐柱,还是说我们想?"

"不想!"只有外婆一个人回答。

---

① 源自《圣经·创世记》。罗得的妻子是索多玛城人,在索多玛城被毁灭前,天使前往拯救罗得和他的妻子,但要求他们不要回头看。当天使拯救他们夫妻时,罗得的妻子忍不住回头看了一眼索多玛城。这时,天火和硫磺从天而降,落在她身上,她随即变成了一根盐柱。

"我没有听见。"一家之主抱怨说。

"不想！"三个人同时喊道。

"安哥拉的东西，都留在这里。我们不要往回看。"外公重申。

卡丁巴酋长在我身边，他用权杖指着我的脑袋，强调说：

"这里还有一颗种子，没有在泥土里生长。无论走到哪里，给孩子滋养的雨露，都能唤醒一个新的灵魂。"

姨妈们与外婆交换了一下眼色，似乎在暗示外公的决定作废了。

当身披彩色布料的酋长妻子和一位巫师抵达时，思绪混乱的外婆和姨妈们非常激动，她们不知道将发生什么。

酋长妻子回到自己的茅草屋，并待在里面。这里没有她什么事了。

帝库库鲁是一位巫师，他和外公以及酋长三人在商议什么。不知道他们在说什么。三人交头接耳一阵后，对刚刚讨论过的内容缄口不语。

女人们虔诚的敬畏不允许她们提问或者表现出抱怨的神态。她们看着，只是呆呆地看着。

正在这时，艾丽莎外婆看到丈夫脱掉鞋子和袜子。她调整了一下眼镜，确定自己看到的场景并不是幻影。即使在房间里，安东尼奥也从未赤脚走路。于是她禁不住大声惊呼：

"我的天！"她立即用手捂上嘴巴，不让它继续做背叛者。

围着榕树，安东尼奥外公喃喃自语地转了九圈。结束之后，巫师帝库库鲁在外公的脖子、额头和胸部画了几条白线。

"艾丽莎，你过来。脱掉你的鞋子，围着榕树转上九圈。每转一圈，都要说一句'留在这里，都留在这里'。"安东尼奥外公引导说。

外婆紧紧地攥着念珠，围绕着大树转圈，口中振振有词，但心中却没有信仰可言。她绝不会遗忘女儿罗莎和安哥拉。她跟在伊撒尔蒂娜姨妈和弗兰西斯卡姨妈的身后。卡丁巴在结束仪式上说：

"你们带不走的东西，最终都会留在这里。没有陪着你们离开的人，在这里已经陷入死亡。"他用自己的权杖在干燥的土地上敲打了三次。

外公从粗麻布袋里取出一套国际象棋、一包香烟、一些领带和一大块干肉。他把礼物和随身佩戴的马格努姆左轮手枪以及三盒子弹全部送给酋长。

卡丁巴感谢了外公赠送的礼物，却把手枪和子弹退还了回来。帝库库鲁也不想要，仅收下了一些干肉和几瓶威士忌。

当外公和我们回到车上时，大风吹散了遮挡天空的黑云。汽车继续行驶，终于朝着目的地前行。起初，车轮刮擦地面，随后，车子小心翼翼地行驶在乡间小道上。

一片农场，曾经满目绿色的咖啡园和甘蔗现在变成了一片焦土。万物拒绝重生。有时，车队会穿过一些遍布茅草屋的村子。在那种情况下，农民们会快速向我们跑来。绝望中，他们晃动着年幼的孩子们。当地人并没有索要食物或者金钱，只想把孩子送给我们，让他们获得生存的希望。在那里，死亡是必然的。即便不死在枪下，也会死于饥饿。在吉普车里，我们低下头，闭上眼睛。大家都不愿意向窗外张望。直到抵达万博机场，大家都沉默不语。只有外婆在低声祈祷，感谢我们的好运气。

在机场入口处，汽车散开了。人们鸣笛以相互道别，我们的吉普车则继续向前行驶。

现场混乱。与我们一样的旅客都在等待。未来的不确定性让人们感到筋疲力尽，他们陷入令人恐惧的迷茫。持有登机牌的人努力确保可以上飞机。看见没有机票或需要更多钱的人，那些即将出发的旅客会把手伸进自己的口袋，把遗忘在口袋里的钞票掏出来送给他们。我们的行李托运完毕。卡库雷托与我们告别，哭得像个孩子。

我们如期抵达了罗安达机场。像很多旅客一样，外婆亲吻着机场跑道的地面。

要等几个小时，我们才能乘坐安哥拉航空公司的航班前往里斯本。直到现在，外公似乎才放松下来。他和我一起玩躲猫猫，用手捂上眼睛，我试图猜他是否在后面。我们一直玩到登机的那一刻。我们先登上飞机旋梯，外公跟在后面。他要确保我们中没有人掉队。

4

　　飞机满员了,但此次旅行给旅客们带来了平静。外婆酣然入梦,姨妈们也睡着了。眼前放着一盒香烟、一份潦草的笔记和一份审核完毕的文件,安东尼奥外公喝着从外套内侧口袋里拿出的一小瓶威士忌。他把文件整理完放进文件包,接着站起身,在过道里行走,伸展双腿。烟瘾上来了,他从烟盒里抽出一根香烟。每当他抽烟的时候,过去、现在与未来都会完美交织在一起。但他没有抽,而是把香烟放了回去。他的双手在颤抖,也许,它们胆怯了。

　　在里斯本波尔特拉机场有人等着我们,达米昂姨公和外婆的妹妹,即他的妻子。他们热烈地欢迎我们,尽管我们一到马尔维拉,累积许久的眼泪就开始冲刷房子的每一面墙壁。外公和姨公两人躲在电视房,并不是说他们躲起来哭鼻子,他们说这是一场男人之间的谈话,要商量如何安排准备工作,让格鲁斯·达丰塞卡重新开始生活。

"生活还要继续,安东尼奥。"达米昂姨公安慰他的连襟说。

"我们有啥办法?"

"这里是里斯本的郊区,要谨慎。"

"我很清楚,我不在自己的家乡。"

"有一点种族主义,不过人都很好。"

"他们还不习惯看到黑皮肤的人。"

"当然不习惯。但是,他们没有发脾气。"

"你们喜欢这里吗?"

"安东尼奥,我和你一样,我们有啥办法?你想喝一杯威士忌吗?"

"来一杯吧。"

姨公去倒威士忌时,对外公讲了接下来的碰头会。他们要一起去和国家海外银行的经理碰面,接下来还要约见律师,为我们处理国籍问题。

"急事!现在我们最着急的事,是购买过冬的衣服。"外公搓着冰凉的手抱怨说。

"安东尼奥,现在这里是夏天!"达米昂姨公很是惊讶。

"我们什么时候可以看房子?"

"随时都可以。金达达阿鲁埃拉斯距离这里只有两步路。"

达米昂姨公把威士忌酒杯递给他,建议说:

"喝吧,喝了之后能让你暖和起来。"

5

日历页翻得飞快。来到金达达阿鲁埃拉斯已是第二年的三月。家里有一个院子和一幢两层楼的房子,房屋覆盖着四坡式屋顶。墙壁粉刷成白色,边角涂成赭色。石灰石材质的条石堆砌的外墙显得庄严气派。从房子的屋檐处,可以看到一条两旁生长着黄连木的坡道,直通院子的大门。四周都是杨柳、松树和桉树。房子附近有一口水井,还有一些野生的树木和果树。房子后面有一个很小、很旧的马厩。

时光如白驹过隙,我们的日子很幸福。晚饭后,我和姨妈们在院子里散步。外公、外婆待在家里,坐在房子露台的椅子上,听着风吹动树叶的沙沙声。外公寻找自己的烟盒,却没有点烟。

他和艾丽莎外婆并非一见钟情。外婆没有迷人的美貌,却知道如何用优雅来弥补不足。外公被外婆无瑕的浅色皮肤征服,喜欢外婆与自己黝黑的皮肤形成的鲜明对比。

岁月不仅给他们带来激情，更让彼此获得真爱。只是罗莎的离家出走和战争打破了夫妻二人和睦的关系。安东尼奥爱自己的妻子，但不知道对方是否也如此。

"亲爱的小艾丽莎！"他小声地叫着外婆的名字，接着，几乎是出于害怕而摸了摸她的手。

"老头，你怎么了？"

外公双手捧着外婆的脸，轻轻地吻了一下她的额头，然后用手臂搂住她，抬头看着满天繁星。他拉起外婆的手，嘴唇轻吻妻子的无名指，轻声问道：

"年纪大了，反而要单身了吗？"

"我把它放在比亚女士那里了。"她解释道。

他们慢慢地拥吻，轻轻地回到屋里，然后走进房间。

6

清晨六点,飞机抵达罗安达。灰暗的天空中充斥着雨云。从登上飞机的那一刻起,我便不能入睡。我的嘴唇非常干燥,没有等我反应过来,干燥的嘴巴又黏了起来。我的人生道路必须自己选择。我再也不能忍受对母亲的思念了。我不能放弃。即便如此,坚定的信念依然没有消除我内心的恐惧。我感受到自己的双腿,它们又一次陷入休眠状态,害怕行走,小心翼翼地寻找目的地。吵闹的人让我不悦,还有那些止不住哭闹的小孩。

飞机下面,可以看到在地毯式的轰炸下,许多房屋仿佛被遗弃,成片地倒下了。它们在大地上受到巨大的冲击,到处都覆盖着灰尘。被拆毁的房屋胡乱地进行调整,红土、旧木头和镀锌板构成了它们模糊的骨架。它们在新土地上艰难地生存,时而减少,时而增加。固定墙壁是为了获得更多的空间。①房屋有多种规格。一些房屋没有抹灰、没有粉刷，防雨效果或好或坏。房屋聚集在一起，遍布城市的大街小巷，组成巨大、单色的城市碎片。许多小巷穿城而过，可以通往任何一个地方。千沟万壑的道路在官方的主干道上消失。水泥是想象的边界，是允许你拥有和存在的界线。

接着，城市中出现一个更大的污点：灰色的，又长又高。公寓的窗户像浇筑的鸟窝。污点伸展开来，试图连接天空，改变书写在大地上的文字。

我感到心跳加速。等待我的风景将是原始与粗糙的。我走进充满灰尘和水泥的子宫里，等待着混乱。

开始下雨了，城市也变得悲伤起来。风雨交加，气流不利于飞机着陆。后来，我们蜷缩着身体走下飞机，湿漉漉的人们拥挤地登上摆渡车，被送到机场主楼。气氛十分压抑，周围的一切仿佛都黏糊糊的。我避免触碰到其他人和扶手，但失败了。

主楼的门打开，旅客们一拥而入。人们穿过捷径进入属于自己的行列。我看到写着"外国人"的指示牌，这就是我要去的地方。

这个队伍里有很多白人。他们手提公文包或背着大

---

① 建房子时，城中村的居民会用铁皮瓦或木板围一道墙，以固定家里的使用面积。

背包，睁大眼睛，仿佛在扫描画面，从左看到右或从右看到左。大多数人行进时都紧张得肩膀略微倾斜。人们一遍又一遍地检查通关文件，有些人非常自然地把钞票夹在护照中。我陷入困惑，不知道自己是否也应该那样做。

这是我第一次来这里。回到自己的祖国，却依旧没有开窍。

队伍不断前行。轮到我了，我站在黄线上。海关工作人员没有微笑，而是直直地坐在椅子上，保持原有的姿势。我带着害羞的微笑，对他说"早上好"。没有得到任何回应。从他的眼神中，我感觉到自己太靠前了，于是急忙退后几步。他再次端坐在椅子上，将右胳膊撑在桌子上，重心落在前臂上。他的手臂向我移动了一下，伸手向我要护照。拿到护照后，他用手把它拖到面前。他的手没有松开护照，又把手臂撑在桌子上。

我不知所措。

他的另一只手不知是出于懒惰还是离得太远而一动不动，不然用它拿护照会更加便捷。工作人员知道自己身份的重要性。他一页一页地翻阅，然后又看着我和护照上的照片。他的嘴唇纹丝不动，眼睛在不停地四处巡视，好像在玩不同的游戏。我推断，他在故意怀疑我的身份。

最后，他问我有没有其他东西要给他。我回答没有。

他生气了，身体朝椅子方向后退了一下，向他所在的小隔间外面张望。他要找的人似乎并没有出现。他放弃了，看了我最后一眼，用力地盖下两个章，并命令说：

"过。"

我的护照盖着2003年6月20日。

下雨仿佛把本就人潮汹涌的机场变得更小了。一大帮人聚集在旅客出口处等待，相互拥挤，试图站在最前面探头寻找什么。汗水开始顺着我的额头流下来。在人群中，我一边寻找写着我名字的接站牌，一边往前走。在这里驻足是个错误，身穿制服的人会高声命令你继续向前走。

混乱中，一个女人冲破人墙，站在金属隔离栏前。没有初次见面的仪式，洛美娜·堪比萨大喊着我的名字。我向她示意，她便三步并作两步地跑过来，穿过人流，来到我面前，给了我一个大大的拥抱。

"我的心都快从嗓子眼跳出来了。"她如释重负。在此之前，她先对我说了声"你好"。

她是伊撒尔蒂娜姨妈五十多年的朋友。她身材臃肿，一条金色的腰带系在腰间，把她身上绿色的衣服分成两段，让整个身体看上去像个沙漏。尽管她体态丰满，还穿着高跟鞋，但走起路来像蝴蝶一样优雅敏捷。

宽阔的肩膀让她在人群中开出一条道路供我们通过。大家都毫不迟疑地让开了。到了出口，洛美娜示意了下身边的一个小男孩，那个小男孩立即接过行李，把行李放在自己头上跟着我们走。

雨下个不停，落在地面和顶棚上。我的头发湿漉漉的，立即变成了鬈发。洛美娜头上的假发用褐色的线缝在一起，似乎可以防水。我们立即上了她的路虎车。她从钱包里拿出一张小票递给行李员。

她发动汽车，然后用手帕擦了擦脸。水顺着她的双下巴流下来。

我根本不需要说话。洛美娜一人分饰两角，时而抱怨下雨，时而抱怨自己的妆花了，又或者唠叨几句机场太乱。她用又大又笨重的双手清理起雾的玻璃，戴着的戒指紧紧地勒住她的手指，涂成粉色的长指甲在擦玻璃时发出噪声，还伴随着木手镯的碰撞声。这样的节奏平复了我的恐惧。我感觉到身体放松下来，双脚也不再麻木了。

慢慢地，我们离开了机场停车场。城市仿佛被麻醉了一般，一片寂静。车道和人行道上积满了雨水，汽车驶过时会溅起小浪花。污水中漂浮着垃圾、脸盆、玩具，甚至还有一把彩色的遮阳伞。屋檐下，有些人正尽力保护待售的物品。穷人家里，年轻人和老人用空桶和盆子来清理流进自家院子里的雨水。

在路上，可以看到女人们已经放弃遮雨，面对恶劣的天气,她们变得麻木了。一些女人手里提着鞋子,将挎包塞进衣服里面,脑袋上裹着塑料袋;另一些女人仿佛根本没有注意到豆大的雨珠落在身上。所有人都继续赶往目的地,对她们来说,太阳和雨是一样的。没有看到一个男人,也许他们都去避雨了。

"下雨对这座城市来说,便是一场混乱。"洛美娜解释。

"下大雨才会这样吧?"

"这点雨量还不到之前的一半。"她笑着讽刺道,接着继续说,"如果天上下雨,地上就会遭遇一场洪水。"

我们的车子像一条小船,行驶在道路上。洛美娜没有沿着直线开。

"这些街道都是雷区。"

"天啊!城市里也有地雷吗?"我惊恐地问道。

"孩子,冷静点。我说的'地雷'指的是路上的坑。下雨后,小洞就变成了大坑。你明白我的意思吗?"

"完全明白。"

考虑到车辆行驶时间会比预计的时间更长,洛美娜开始向我介绍这座城市:

"那里是布伦达区。你要小心那些家伙。"她指着停在路边的蓝白相间的车子,"他们根本不会开车,只会横冲直撞。"她强调说。

"你说那些小型公交车吗?"

"在这里它们被称为'蓝白条',是小公共汽车。你不要去乘坐它们。"

"为什么?"

"它们属于老百姓。"洛美娜解释说,"和我们完全不一样。"

"危险吗?"

"那还用说!"

雨渐渐小了,安静被罗安达的城市节拍取代。响亮的喇叭声、警报声、交谈声、笑声以及发动机的轰鸣声,是这座城市日复一日的旋律。蓝白条公交车的说唱人[①]大喊着:"去机场的人上车啦,机场,机场!""到穆丹巴的人走啦,穆丹巴!""圣保罗区,圣保罗,圣保罗!"城市的音乐节奏变强了,彼此竞争的日常生活在库杜罗音乐的分贝中快速进行。城市中出现一个隐喻:抛弃慵懒,积极应对,为生活而战。

一群人仿佛从墙体和地面的缝隙中冲出来一样,很快就沿着崎岖不平的人行道和被雨水浸透的马路蔓延开来。

一些全副武装的女人们背着孩子,头顶装满五颜六色的水果、蔬菜和饮料的盆子。她们把裹在身上的布匹

---

① 指售票员。

铺在地上，形成一个路边摊，售卖这些商品的所得是扛过这一天的希望。马路边，一些男人排成一队，在车流中穿梭。他们兜售的东西基本上随处可见，其军人般行走的节奏让交通变得缓慢。

"你的车门关好了吗？"洛美娜问。

"现在关好了。"我保证道，随后确认另一侧的车门也已经关好。

"嘿！那些家伙都是蛀虫。窗户不要开太大。"

恐惧让我不敢直视他们，不想引起他们注意。

在路上，吉普车的大轮胎和高底盘与路上的人流形成鲜明的对比。通行权取决于社会地位，或取决于打破道路安全法则的推推搡搡。

我们的车撞到很多垃圾。受到惊吓后，我用手臂护住脸。洛美娜忍不住打趣说：

"别担心！在这里撞不到任何人。这就像一种舞蹈，你看到了吗？"

"但这让我害怕。"我解释说。

"你会习惯的。"

洛美娜并不胆怯，也没有停止危险的驾驶动作。

我一直四处张望。建筑物是旧的，摇摇欲坠。令人惊讶的是，在脆弱的窗户外边安装着空调和卫星天线。它们的房门和带钢筋防护栏的阳台让我无法接受。住在大楼里,却要担心外面发生的事。

我看到两个仅穿内裤的孩子,在满是垃圾的水坑里玩耍。这是一座被亵渎的城市。

看到我痛苦和悲伤的表情,洛美娜同情地说:

"你在心痛吗?我们能做什么呢?这样的事情见过太多了,我会闭上眼睛,丢掉善心。"

"太可怕了。"

"你应该整理一下你的情绪。"她提醒我。

"如何整理?"

"不要看,不要想。如果你沿着罗安达的这些道路走下去,你会感到沮丧的。"

"假装没有看到?"

"对,你不能解决他们的问题。"

"我们可以试试。"我建议说。

她放弃说服我,试图换一个话题。

"你听说过我们的恩津加女王吗?"她问我。

我的沉默算是给她的回应。

"你只知道葡萄牙的玛丽亚?"洛美娜讥讽说,随后笑起来。

"那些是我在学校学到的知识。"我试图为自己辩解。

"我们马上要经过老城区,你可以看看罗安达的海湾。"

到了罗安达海湾,几个乞丐伸着双手走过来,大多数是年轻人。洛美娜没有看他们,仿佛他们根本不存在。我也照着做,继续看着前面,但又觉得自己没有办法视而不见。

罗安达的海湾与这座城市的其他地方一样,有一些正在修补外墙的建筑物。洛美娜解释说,墙体上很多孔洞是1992年被子弹打的。

"我们的日子过得很糟糕。恐怖!"洛美娜若有所思地说,颤抖的手借机点上一根烟。

洛美娜是对的。在一片混乱中,罗安达海湾的马尔吉纳尔大街是整座城市的展示台。

车子驶入马尔吉纳尔大街后面的一条街道。洛美娜指着一栋八层的高楼,示意我她就住在那里。她特地强调,街道的另一侧是联合国的大楼。

"街道名称是什么?"

"左边。"

洛美娜的车子还没有停稳,一个头顶鱼盆的女商贩便跟了上来。她穿着拖鞋,跟着我们,背后紧紧地绑着一条彩色的花布匹,里面包着孩子。那女人脚步轻盈地在满是污水坑、崎岖不平的道路上行走,尽管她身上背着孩子。

我们下了车,洛美娜不太在意地说:

"多明加斯,你又生了个孩子?"她用责备的口气说,指着小贩身上白色T恤上的字——世界粮食计划署。

"是的,洛美娜女士。"多明加斯羞愧地说。

"还要继续生孩子吗?街头商贩的生活容易吗?"

"我丈夫想要孩子。"

"他找到工作了?"

"没有。"

洛美娜摇摇头,嘟囔了几句我听不懂的话。

多明加斯背上的孩子一动不动,像断了脖子、睁着眼睛死掉了一样。

我听到车子的后备厢被打开。一个头发花白、胡子稀疏的老头提着我的行李,问道:

"女士,还有其他东西需要搬上楼吗?"

"我不清楚。"我回答。

洛美娜停止和多明加斯聊天,走到那个男人身边。

"只有这些行李,蒂莫特奥先生。我们先上楼吧。"

洛美娜在前面带路,我跟着多明加斯和蒂莫特奥先生。

在大楼门口,还有两个街头女贩,每个人的盆子里都装着"我们每天的面包"。

这是一栋破旧的楼房,好像从未做过养护。墙壁上有一层顽固的污垢,但地面却打扫得很干净。我嗅到了刺鼻的防腐气味。

朝着楼梯走，我注意到电梯被一扇上锁的金属门封了起来。我们已经爬了十几层的台阶。楼房的结构允许空气在其内部自由地流通，但却因此削弱了建筑主体的厚度。每层楼的左右两侧各有一个走廊，走廊入口处安装了栅栏。大门、栅栏、屋门、挂锁，这些都是为了限制外人进入公寓，与楼层之间的画廊及孩子们自由玩耍的地方形成鲜明的对比。

与大楼的公共空间不同，公寓的独立区域和外部区域都经过粉刷、打扫和整理。栅栏、植物或者椅子把公共空间和私人空间划分了出来。

蒂莫特奥先生停了下来。他累了。我想帮他，但他拒绝了。

多明加斯超过我们，继续和洛美娜上楼。她爬起楼梯来既安稳又安全，她的骨骼和肌肉线条很完美，仿佛是一条垂直线支撑起她的整个身体，肌肉既不紧张也不僵硬。她头部向前，没有太高也没有太低，上楼梯时像个女王。她不想被生活的重担摧毁尊严，成为驼背或脊柱侧弯的女人。她每走一步，都会这样做，以便让地面知道她的力量。多明加斯不欠任何人，上帝和魔鬼却都亏欠她。只要她在，它们都会纷纷避让。

我和蒂莫特奥先生调整了一下呼吸，最后终于到达洛美娜居住的楼层。他把行李放好，搬运沉重的行李让他的额头渗出了汗水。我为自己的懒惰感到羞愧。

洛美娜在家门口用手指捏着鱼逐条挑选，次日再付款。鱼不贵，洛美娜没有零钱。蒂莫特奥的小费也要以后再付。

走进家门后，洛美娜让我在客厅里坐下：

"把这里当成自己家，不必拘束。"

"把这里当成自己家"，这话讲得很有涵养，试图让客人心情放松。主意是好，但很难做到。虽然这里的生活习惯与我家有些许相似，但方式依旧有区别。做客时，不要假装是在自己家中，这能确保双方都有良好的状态。艾丽莎外婆曾这样教育我。

屋里凉爽、安静、井井有条。屋内与大楼、道路和城市的破败形成天壤之别。房子的装修是欧式风格，房间贴着夸张的银色壁纸。"不要讨论品位。"我试图说服自己，但仍无法停止对房屋的装饰评头论足。巨大的实木棕色真皮沙发与其他一切都格格不入。我想知道需要多少人才能把这个庞然大物搬到这里。

早餐摆好了。桌上铺着一条带红色小花的白色桌布，上面放着一套茶具，还有咖啡、糖、面包、黄油、火腿和蛋糕。让我最吃惊的是，桌子上有雀巢蜂蜜麦片。如果这里是我家，我会马上吃掉它。以前，家里的储藏室至少会存放两盒，一盒已经打开，另一盒备用。不论什么时候，艾丽莎外婆总是会每种麦片至少购买两盒。伊撒尔蒂娜姨妈愧疚地说，这是"战争的创伤"。战争造成的另一个创伤是保留不必要的东西。几乎不可以浪费任何东西，废旧的机器、旧衣服、家具、杂志、报纸、电线、药瓶和很多其他东西都被保存起来，因为"可能需要它们"，还把那间古老的旧马厩也翻修成仓库。在洛美娜家里，我觉得什么也没有储存。

洛美娜回到客厅时，身边站着两个黑皮肤的女人，她们是家政服务员，若泽法和马列拉，一对母女。两个人又矮又瘦，下垂的上眼皮几乎遮挡住眼睛，让她们看起来更加憔悴。我上下打量着她们，她们的黑皮肤微微泛起黄色，让我觉得这两个人随时都可能晕倒。

她们都穿着灰色的宽大长袍，腰间系着一条白色围裙，服装样式模仿巴西肥皂剧中家庭女仆的穿着。两个人都赤着脚。她们的小脚又粗又宽，皮肤质感很硬，也许这样的皮肤已成为她们的保护壳。她们头上的鬈发短而乱，只有母亲头上白色的头发才能将母女二人区分开来。若泽法负责做饭，马列拉负责做保洁。若泽法大妈的故事已成为马列拉现在的生活。

喝过咖啡、吃完黄油面包，洛美娜把我带到楼上的房间。我将在这里睡觉，在她女儿们的房间里铺一张床垫。"抱歉,没有足够的空间再摆放一张床了。"打扰她们一家人的生活,并侵犯她们的隐私,这也让我感到十分愧疚。我非常感谢她们。

洛美娜关上房门,指给我看卫生间的位置,并提醒说:

"要节约用水,已经一个星期没有自来水了。"

"好的。"

"知道这里的自来水不能喝吗?"

"不知道。很危险吗?"

"相当危险,最好用过滤后的水刷牙。马列拉会给你找一个杯子。"

"喝了会死人吗?"

"这里的一切都很危险。"看到我害怕的样子,洛美娜笑了。

"我会注意的。"

"毛巾,你问马列拉要。"

"可以开窗吗?这里很热。"

"不行。"

洛美娜立即打开空调,接着把空调遥控器交给我,叮嘱说:

"城市里灰尘大、蚊子多。"

我洗完澡,躺在床垫上,房间里很凉爽。我看着床上的枕头，真希望带了自己的枕头来。我感觉无助。罗安达不同于里斯本，与马尔维拉的田园生活没有可比性。我突然感到了后悔。

洛美娜来到房间，说要出趟门，去部委签个字，然后去面包房查账，大概下午六点才回来。她不在家里吃午饭，但已经为我安排好午餐了，如果我饿的话。我并不饿。

我为自己没有带枕头付出了代价，在床上辗转反侧。我想起了卡塔丽娜，我想她。慢慢地，我进入了梦乡。

等我起床时，天快黑了。楼下传来了噪声，还有做饭和聊天的声音，说明住户们回来吃饭了。我并不想下楼，可空荡荡的胃把我拖下了楼梯。

他们大声且激烈地讨论着：

"和平是用鲜血换来的！我们获得了，因此，要享受它。"

在楼梯上，我听到一个男人充满激情的嗓音：

"胜利是必然的！"

我出现在客厅时，人们安静下来，餐桌已准备完毕。很快，洛美娜把我作为她的朋友伊撒尔蒂娜的外甥女介绍给大家，并在餐桌上腾出一个位置让我坐下来。

"她住在葡萄牙，这次来是寻找母亲的。"洛美娜解释说，湿润的眼睛闪闪发亮。

"大家晚上好！"

所有人都站起身行贴面礼，并做自我介绍。

"你是做什么的？"

"我是图书管理员。"

"她是图书管理员。"洛美娜重复说，好像她不得不翻译我刚刚说的话。

大家坐在桌前，一旁是洛美娜以及她的两个女儿纳蒂亚和卡蒂拉。她们是双胞胎，我可以通过头发长短来区分她们：纳蒂亚是黑色的长头发；卡蒂拉的头发到耳朵下面，略带赤褐色。她们都长得很像洛美娜，但更瘦。长长的、略微上翘的鼻子仿佛从洛美娜脸上移走并粘到两个女儿的脸上一样。

餐桌上，除了洛美娜和两个女儿，还有两个男人和一个女人。其中一个男人叫尼诺，是洛美娜的外甥；另一个叫力拓，是萨拉拉的丈夫。萨拉拉是洛美娜的外甥女，陪着坐在一起。据我所知，他们要先进行家庭问候，然后才能享用晚餐。

萨拉拉和力拓是一对三十多岁的夫妻，居住在本格拉。从萨拉拉的话中，我得知他们很沮丧：

"没有饮料，我不想吃饭。而且，这饭做得很一般。"

"你们去车上拿饮料。"当我端起餐盘时，洛美娜建议道。然后抱怨厨师若泽法：

"这么大岁数了，还学不会做饭。难为这个人了！"外甥尼诺打趣说：

"洛姨，别着急。村子里可没有意大利面，只有木薯糊糊和篝火。"

"你不要有优越感，更不要取笑那些运气不好的人。"卡蒂拉回答说。

"这不是取笑，事实如此，我的表妹。"

"尼诺说得对！"洛美娜反对说。

尼诺坐在桌子的另一边，洛美娜的对面，我的左侧。他是一个黑人，秃头，大脸，戴着一副无框的圆形眼镜。他喷了一款侵入性极强、引人注意的香水。

"洛姨，你应该扣她们工资！到现在还没有学会做饭。"尼诺坚持道。

卡蒂拉正要回答，洛美娜决定岔开话题，阻止即将产生的争执：

"今天我去接维多利亚的时候，机场人满为患。"洛美娜善意地说，她拉住女儿的手臂，后者还在为没有表达自己的意见而闷闷不乐。

"葡萄牙人会不断来这里的。"萨拉拉预言说，并喝了一口杯子里的啤酒。

"他们又来欺骗我们！"萨拉拉的丈夫力拓提醒说。"那会怎么样？来更多的白人殖民者吗？"在巨大的刺激下,他将叉子插入烤鸡的胸脯里。

一阵寂静从空中落在桌子上。他们不约而同地看着我。

"她是白人,但出生在这里。"洛美娜试图为大家解释,因为我的身份让其他人感到不自在,"我确定她是我们中的一员。"

我同意地笑了,但并不理解他们的批评。力拓也笑起来。尼诺穿着一身深灰色的西服,系着领带,他清清嗓子,问道:

"你们觉得我们会因为那些家伙浪费更多的时间吗?"

"哪些家伙?"洛美娜问。

突然的询问仿佛打断了他的思路。

"那些让我们难以获得重建资金的人。"

"他们喜欢刁难我们。"力拓补充说。

纳蒂亚、卡蒂拉和萨拉拉没有参与讨论,在我看来,她们正忙于分享餐桌上剩余的晚餐。

"是吗?"洛美娜质疑道。

"在这里没有人愿意继续帮助我们。"尼诺略微提高音调坚定地说。

"开什么玩笑。你跟我讲讲!"力拓伸出手指热情洋溢地说。

"不要出去乱说。"尼诺提醒说,就像他透漏的是国家机密一样。

尼诺停止讲话，看看我，想确认我不是一个"大嘴巴"。

"绝不外传！"我感觉自己像傻瓜一样在做保证。

尼诺知道大家都想一听究竟，便故意制造更多悬念：

"我们国家——正在谈判——和谁呢？"他问道，睁大双眼，打量着桌子四周。

人们脸上疑惑的表情，使他确信自己能爆出一个大料：

"中国！"

"中国？"洛美娜、力拓、萨拉拉惊呼道。

随后，尼诺激情澎湃地分析着经济和社会政治，并阐述了这一系列的措施是国家重建和改善人民福祉的杰作："开始了！"

"总统不是傻瓜。"力拓解释说。

"是战略家。"尼诺补充说。

"哈利路亚！"洛美娜高兴地大声说。

"提供数百万资助。数百万美金！"尼诺总结了最近一次党代会会议的要点。

"我们应该做点生意……"

没想到，屋内突然黑了。透过客厅的窗向外看去，前面大楼的灯也熄灭了。

"唉，日子难啊！"卡蒂拉抱怨着去寻找电源。

"纳蒂亚,你去打开发电机。"洛美娜说着站起身,走到门口。

"尼诺兄弟,请你的党派先解决停电问题。"

"卡蒂拉,你什么意思?钢铁不是一天炼成的。"

楼里传来各种发电机运行的轰鸣声。每家都有自己的发电机。像探照灯一样,对面的楼房又亮了起来。

"电、水、医院、学校、道路……你想继续听我们的清单吗?"卡蒂拉说。

"表妹,你说的都在计划内。"尼诺保证。

"她可不能再忍受了。"洛美娜承认说。

"妈妈,你让蒂莫特奥先生购买柴油了吗?"卡蒂拉问,她担心会停电很久。

"领导们,我请求出去抽根烟。家里还有事情要处理吗?"

洛美娜起身走向阳台,萨拉拉和力拓也跟了过去。

尼诺和卡蒂拉在谈论国家大事。尼诺在做她的思想工作,想说服她加入自己党派的青年团。

"不,我不想自找麻烦。"

"瞧瞧,你只会抱怨。"

当纳蒂亚回到客厅时,来电了。吸烟者也回来了。

"蒂莫特奥,别再让我家里没有电了,好好守着发电机,我不想找你麻烦,明白了吧?"洛美娜盛气凌人。

蒂莫特奥负责楼宇大门的保卫工作。但在我看来,他也得做人们要求他做的其他事情。我不希望蒂莫特奥先生有麻烦。

"在没电之前,让我们赶紧碰一杯吧。"尼诺提议。

"第一杯大家都倒满。"洛美娜皱紧眉头,看着他们空空的杯子。

酒足饭饱过后,大家散了。

7

纳蒂亚和卡蒂拉跟洛美娜说了一声后离开了桌子，去换衣服。卡蒂拉问我要不要和她们出去喝一杯，然后去跳舞。

"去吧，夜晚很有魅力，"洛美娜鼓励我，"这个时间很多人从里斯本、伦敦和休斯敦的学校回来了。"

我决定去。

晚餐结束后，我开始收拾餐盘和餐具。洛美娜让我别动：

"你是客人。"

萨拉拉则继续收拾家务。

"啤酒喝完了，你想来一杯威士忌吗？"洛美娜问，她看到尼诺摇晃着手中的库卡啤酒罐子。

"不喝威士忌了。明天是星期六，但我还有一个党员碰头会。"

半夜时分，萨拉拉、力拓和尼诺回家了。纳蒂亚和卡

蒂拉还没有下楼。我决定上楼刷牙,涂个口红并整理下头发。卫生间里放着一个CD播放机,播放着蓝调音乐:

我会和你做爱,

如你所愿,

我会抱紧你,

宝贝,整夜……

我记得这首歌曾在葡萄牙广播电台播放过。每个年代的人都有喜欢的乐队。我喜欢新街边男孩,她们着迷男孩乐团。

卧室的门敞开着,房间里到处都是衣服和鞋子,我睡觉的床垫也未能幸免,床垫上放着项链和其他珠宝首饰。我很惊讶到现在都没有准备好,她们上楼已经一个多小时了。我从卫生间出来时,听见手机响了。纳蒂亚拿起电话,在电话里,她说已经准备完毕,五分钟后下楼。

我轻轻地敲了三下门,通知她们我要进来了。纳蒂亚和卡蒂拉两人身上都只穿着内衣,坐在镜子前面不慌不忙地化妆。

"尽管进!"纳蒂亚打着哈欠,睡眼惺忪地说。

"不要拘束,大家都是女人。"卡蒂拉补充说。

"我来拿我的钱包。"

卧室梳妆台上摆放着三十多种香水,镜子上贴着几张泰迪熊彩色照片。卡蒂拉问我是"穿成这样子"还是换其他衣服。

纳蒂亚用手向自己的姐姐做了个手势。我不知道她那样做是为了驱赶蚊子,还是想让卡蒂拉闭嘴。

我回答说就穿这身衣服。我拿起钱包走出房间时,觉得纳蒂亚在同情我。我走下楼,发现餐桌已经收拾完毕,客厅里空空荡荡的。洛美娜在阳台上吸烟。我不想打扰她,便坐在沙发上等她们。

纳蒂亚和卡蒂拉终于下楼了,这时已将近午夜一点。

她们看起来像两个电影明星。卡蒂拉身穿橙色的超短裙,背部的拉链直到腰部。她把头发全部向后梳,使巨大的金色耳环更加显眼。我注意到她口红颜色与指甲的颜色相呼应。她的打扮无可挑剔。

纳蒂亚则扎着马尾,身穿黑色露肩连体裤,裤腿侧面有明亮的刺绣,凸显了身体的曲线。我觉得她的打扮比她姐姐更好看。

我像是来自北半球的里斯本郊区的农妇,身上穿着牛仔裤和碎边上衣,脚上穿着可笑的黑色凉鞋。

我让她们等我五分钟,然后跑上楼,翻开行李箱,只找到一件适合的衣服。我换好衣服,看着梳妆台镜子里的自己。现在的我没有那么差了,不过只是好了一点点。

"我不能再给你们零花钱。"

"妈妈，就给一百美金吧。"卡蒂拉双手合十恳求说。

"休想！今天我还赊欠了多明加斯的鱼钱。"

"求求你了，妈妈。"纳蒂亚求情道。

"这是我最后一次从存款里给你们拿钱。"

出门并走下如此多的楼梯是一个漫长的过程。打开门、关上门、锁上门。在走廊里必须做同样的事情。楼道里没有灯。手机的亮光可以帮她们的高跟鞋和我的平底鞋选择合适的地方落脚。

大楼门口，保安睡在一张白色的塑料凳上。我们经过他身旁时，他没有醒。

一辆吉普车打着双闪灯，停在我们面前。

"是他们。"卡蒂拉说。

保安惊醒了，有些呆滞。他站起身，费力地保持平衡。他试图弄明白发生了什么事，便冲到马路上。

"迪诺尼，我们付钱是让你来睡觉的吗？"卡蒂拉问道。

"对不起。"

"我们回来的时候，如果看到你还在睡觉，马上开除你。"卡蒂拉威胁说，随即关上了车窗。

迪诺尼害怕而羞愧地低下了头。

我们上了车。车上响起一个语速很快的说唱歌手轻柔的声音：

带有金领的顶级美元；

迪平，在我蓝色羚羊身上……

我们轮流跟着唱。里卡尔多开车，埃德松坐在副驾驶位置上，抱怨我们迟到，但很快就安静下来。

我们来到了罗安达的马尔吉纳尔区。海湾和政府大楼灯火通明，与黑暗的居民区形成鲜明的对比。棕榈树和海水给人一种热带城市的印象，大街小巷都空空荡荡的，混乱也消散了。这里并不是舞台。

"夜晚，罗安达很美。"我陶醉地欣赏着它。

我们不一会儿就到了目的地。车子停在老城区路，靠近一座倒塌的白色小教堂，教堂四周的框边涂成了黄色，两座一样的塔保护着入口处的拱门，类似于葡萄牙小村子的教堂。男孩们保护着纳蒂亚和卡蒂拉，高跟鞋不适合在曲折的道路上行走。我没有太多顾忌，独自跟在他们身后。纳蒂亚叫我，并一把拉住我的手臂。

路上，一帮小孩子跟在我们身后。有几次，我都有点害怕。卡蒂拉笑了。

"小托尼奥去哪里了？"卡蒂拉在一群孩子中寻找。

"我去帮你叫他。"其中一个孩子拔腿就跑，我们继续前进了一百多米，终于来到酒吧门口。

"女士，女士。我在这里。"

"你还好吧?给我两包红万宝路。"

小托尼奥的年龄不足十三岁,却已经开始售卖烟,在外挣钱。

一个嘻哈音乐的场景,被温暖柔和的光线笼罩着。酒吧里可以抽烟,已经坐满了人,但还能简单通行。男孩们都头戴棒球帽,身穿T恤和宽松的牛仔裤,脚蹬乔丹运动鞋。他们跳起来,竞争人数稀少的女性。男孩们散开了,每个人都在寻找自己的部落。

纳蒂亚看到我迷路了,便过来找我。她把我带到吧台,然后用贴面礼与一个吻和调酒师打招呼。那是一个男性特征很强的高个子混血男子,他调出两杯金箭鸡尾酒,我们一饮而尽。

"你想喝什么啊?"纳蒂亚问我。

"马利宝朗姆酒加可乐。"

等饮料的时候,男孩们和女孩们走过来向纳蒂亚问好。我被人群挤开,并很快被忘记了。他们拥抱、亲吻,在空中相互击掌,似乎酒吧里的人都相互认识。

音乐声很大。男孩们摇晃着肩膀,抬起手臂拍掌。有时还会闭上眼睛,并高声唱嘻哈福音。女孩们则抱着他们的腰,双脚微微分开,膝盖弯曲,屁股向前、向左、向后,又向右旋转扭动。人们的身体跟随着音乐摇动:

现在把它给我。

给我放克,

给我甜蜜,

给我厌烦,

给我一切……

只有当DJ停止播放音乐时,他们才停止跳舞。我看了看手表,凌晨三点半了。突然,灯亮了,仿佛是体育场里面的聚光灯在照射眼睛。大家争相离开。我们是最后一批离开酒吧的。

要回到车上,我们仍需走一百米的距离。这时有更多的孩子跟着我们,他们并不卖香烟,而是用手揉着肚子,向人要钱。没有人理会他们。我们上了车,车门很仓促地锁上了。我们继续夜行,路上挤满了车子。突然,我们驾驶的ML级奔驰车被包围了,那些小孩仿佛丝毫不怕飞驰的车轮。里卡尔多也没有躲避的意思。我觉得他驾车时不会躲避那些可怜的孩子,一定会继续向前开,但车子停了下来。我们走下车。

埃德松对着一个瘦小的孩子嚷道:

"滚远点,妈的!"

我有些害怕。孩子们没有停止,而是继续跟着我们。里卡尔多从裤子口袋里拿出一张钞票,递给孩子,命令说:

"现在滚开!"

"你不相信吧。幸好,你没有带钱包和手机。"卡蒂拉生气地提醒说。

"混蛋玩意儿!他们应该去学校上学。"埃德松说。我不知道应该批评孩子,还是批评战争或政府,或者同时批评这三者。

我没有看到小女孩,也没有看到大姑娘,总之没有看到女性,也没有看到她们在其他任何角落待着。但我看到了女警察,她们负责守卫迪斯科舞厅。

有一群男人在绳子的一侧排队,等待守门人决定开门的时间。绳子是受欢迎顾客和不受待见的顾客的分界线。白人可以直接进,混血人次之,黑人则等在外面。守门人选择顾客更多是取决于资金的多寡。对于守门人来说,罗安达的白人比其他人有更多的钱花。

我们从侧门进去,不需要排队,我们是贵宾。正要进门时,出现了一个近似侏儒的黑人。他头戴一顶毫无瑕疵的白色软帽,T恤凸显出肌肉的线条。无论走到哪里,大家都向他问好。

我们没有进去。

"大诗人贝迪尼奥,你好吗?"纳蒂亚问。

"挺好的。"

"为人民做首诗歌吧。"埃德松要求。

贝迪尼奥把手伸进帽子里,摸着顶冠,以圆周运动的方式,用手指抚摸着毡帽边缘,然后轻轻地把西裤膝盖上的折痕抚平,并晃动它们,张开双臂,说了一句,仿佛在宣布演出开始:

"女士们,先生们,大家早上好!"

听众们围了过来。

贝迪尼奥润了润嘴唇,低声哼唱:

那个

伟大的女人

生活在信仰里

每个人都热爱

热爱拼搏

有一天

困难降临

携带着欢乐

居住在窘境里

我的朋友,罗安达

啊!

罗安达,我的女人

拼搏的女人!

兄弟姐妹们

感受
感受疯狂的韵律！
就在这时！

那个
拼搏的女人！
罗安达，我的朋友
啊，是她！

人们为贝迪尼奥的诗所折服，激动地鼓掌，并大声呐喊：

"万岁！"

有一个声音要求在场的所有人保持安静。

"放弃想象吧！"卡蒂拉双手叉着腰，嘲笑说。

"贝迪尼奥在此作为代表。这样的家庭状况很复杂，但应是这里的一员。"贝迪尼奥心里很高兴，捧着帽子走到人群面前，要求大家捐献。

一个白人试图在他的帽子里放一张钞票。贝迪尼奥礼貌地拒绝了，并对在场的人说：

"我献上自己的诗歌，只为换取我所需要的东西。"

随后，在卡蒂拉的强烈要求下，守门人允许贝迪尼奥与我们一起进迪斯科舞厅。我看不见他了。

迪斯科舞厅的入口是个露天花园。音乐声震耳欲聋，我们只能通过手势来沟通。里卡尔多和埃德松示意去跳舞，我不想去。纳蒂亚和卡蒂拉留下来陪我。

人们跳舞时面对面，身体也贴在一起。我反复观察，发现并不是所有人都面面相对，也不是所有的身体都如胶似漆。不是所有舞伴都是亲密无间的。有些人的身体会说："我们并不认识彼此。"还有一些人根本不需要认识，彼此也聚到一起。

他们触碰到了我的手臂。一个陌生人邀请我跳舞，我婉拒了。卡蒂拉不合时宜地把我推到他的身边，说：

"太无聊了，你去跳舞吧。"

"我很难跟上音乐节拍。"

"慢慢来，一切都要学习。"那位英俊的陌生人安慰我。

男子的手搂住我的腰，讲方言的他坚定地将我拉过去，把我带到舞池中央。他优雅且坦率地教我跳舞，我的身体在摆动，轻盈、和谐、自由，摆脱了束缚我的氛围，仿佛在空中飘浮，好像我天生便会跳舞一样。

保罗，那个陌生人名叫保罗，他让我闭上眼睛：

"这样你能更好地感受音乐。"

新曲子响了起来。保罗继续以同样的步伐跳舞，直到响起基松巴民乐，我们才停下来，随后走出舞池。我们的偶遇在那里结束了。

我寻找着纳蒂亚和卡蒂拉。没有看到她们。突然,我发现自己陷入了人们跳舞的圈子里。我决定留在那里,并模仿着跳了几个动作。其他人自然地舞动着,汗水从脸颊、肚子和双腿上流下来。纳蒂亚出现了。

"走吧。"她告诉我不能再留在这里了。

天快亮了。卡蒂拉、里卡尔多和埃德松在迪斯科舞厅门口等我们。

"你有天赋,没有必要躲藏。"卡蒂拉见到我时,愉快地与我击掌。

"别说了,都是你的错。"我辩解说。

"真的吗?我是那个抓住你、拉走你、旋转你的小伙子吗?"

埃德松、里卡尔多和纳蒂亚笑卡蒂拉模仿我跳舞的样子,画面刺痛了我的双眼。

"不去喝碗肉汤吗?"埃德松建议。

"走吧!"卡蒂拉决定去,向里卡尔多索要车钥匙。

车窗全部打开,我们向着伊利亚岛行驶,音乐的音量调到最大:

不要把它归咎于阳光。

不要把它归咎于月光。

不要把它归咎于好时光。

怪罪于布吉舞,

我做不到，我做不到。

我只是不能控制我的脚……

内心强烈的空虚感追逐着我，一直不让我完全安静下来。它把阴霾带到我现在的生活中，让我任何快乐的思想和微笑都变得麻木。这是一种悬而未决的、原始的痛，让我与恐惧生活在一起。

卡蒂拉的声音迅速赶走了恐惧，没有让烦躁和不安继续吞噬我。

"维多利亚，你怎么样？累了吗？"她看着后视镜里的我，问道。

卡蒂拉把车开到小岛的尽头，然后折返入口处。这样来回了好几次，不知道到底该往哪里去。我们像被困在封闭赛道里的动物。我闻到了大麻的味道。

里卡尔多粗鲁地坐到车后座，埃德松在抽烟。卡蒂拉关掉音乐，夜晚的兴奋因沉默不语而消散，他们不再聊天。每个人都躲在自己的位置上，回味之前的感觉。

最终，我们停在一幢圆形建筑物前面。房顶用密实的杂草覆盖，主体是木质的开放式结构。我们坐在一张可以看到大海的桌子旁边。等待服务员过来的时候，埃德松开始闲聊。我问自己，我在哪里，是否喜欢这样的夜晚。

"我们来分析一下，你的眼睛是怎么回事？"卡蒂拉要求我解释。

从大家的沉默以及看向我的方式,我推断好奇心在折磨着他们。这是一种必须满足的需求。

"我出生时便如此。一只眼睛总是无神,另一只眼睛却不停乱动,像希科·布阿尔唱的那样。"我解释说。

"你很有魅力。"里卡尔多说,纳蒂亚也赞同他的看法。

"上帝给我的缺陷美。"

"你的眼睛有点斜视,但很漂亮。"

好像问题越多越会让人陷入沉思,所以,我要抢先说出来。

我的出生证可以讲述一切:1978年4月15日上午八点,在万博省的法蒂玛市,一个女孩出生了,她叫维多利亚·格鲁斯·达丰塞卡。父亲佚名,母亲叫罗莎·希图拉·帕切科·达丰塞卡,单身,职业是军人,出生在比耶省安杜鲁市。安东尼奥和艾丽莎都不知道这个外孙女的出生。我在葡萄牙的马尔维拉长大,已经订婚,而且即将结婚。我放弃了婚礼,来这里寻找我的母亲。我觉得她已经去世,如果真的如此,便简单了。我不知道她是生是死,也不知道她在我的现实生活中是否重要,但我需要找到她。

我们喝完汤就回家了,一些酒吧到现在才打烊。我闭上眼睛,感到筋疲力尽、头晕目眩,然后听到了开门的声音。我们到家了。下车、走路、上楼。纳蒂亚和卡蒂拉穿着哈瓦那人字拖,手里拎着鞋子。"哪儿来的人字拖?"我问自己。

8

纳蒂亚累得脸朝下趴在床上,没有脱衣,也没有洗脏脚。她根本不在乎这些。卡蒂拉在关厕所门之前,还批评妹妹生活邋遢。

我感觉不舒服,便摘掉手表,躺在床垫上,觉得天旋地转。躺在这个枕头上,我完全睡不着。有太多的事情让我难以适应,就像这个枕头一样。明天,我要向洛美娜姨妈另外要一个,不对,她不算是我的姨妈,看来这一点我并没有忘记。我不会忘记,我的脑子一直在转。我母亲会跳舞吗?这种未知感让人很厌烦,它总是把我变得透明,尽管我生活在这里。每个人都想成为焦点,信心百倍地占领空间,我至少要购买一件新衣服。我觉得自己无能,只想拥有归属感,并非归属格鲁斯·达丰塞卡。母亲拒绝回归家庭,回到外公身边,她本可以回来的。我很无奈,一辈子无奈地生活。我陷入沉默,让自己不再愤怒,在这里,我不能愤怒,甚至不需要来到这个世界。母亲把我生下来，又不能养育我，那为什么不把我杀死呢？如果那样，一切会简单很多。我肚子疼，也许是肉汤的原因，希望不要生病。不可以生病，我应该变得更好，不能像她一样，我必须活下来。她的名字在那里，这对我不重要，她甚至不知道谁是我的父亲。也许，我也不希望拥有父亲，纳蒂亚和卡蒂拉就从来不提她们的父亲。据我所见，洛美娜独自生活，无名指上没有戴婚戒，这样也好。仿佛作为女人的我们必须属于某个男人，安东尼奥外公是不会介意再多照看一头小牛的牧羊人，所有女儿都是外婆身上掉下来的肉。厌烦，但不能批评，什么也没有改变，另一个秘密却保存完好，我们假装不知道，看不到的也就不存在，只能在想象中出现。可怜，但我却不感到遗憾，母亲并没有向我道歉，这样子的妈妈，我不能批评。

算了，不要流泪，我永远是被遗弃的受害者。起来吧，纳蒂亚，你怎么睡着了？在这片土地上如何才能安静下来？我不能再说良心了，因为我缺少它。迪斯科舞厅的噪声，是否会让你为居住在附近的居民感到难过？同样，你是否会为所有人感到难过，有人会为你感到悲伤吗？我大声地号叫，噩梦。寄宿学校是很好的解决方案。但愿她们知道我的想法，我希望和伊撒尔蒂娜姨妈在一起。我喜欢洛美娜的幽默，她与众不同，别太苛刻，她可以是你的姨妈。这样的话，纳蒂亚也可以是我的表妹。不要这么想，为什么她不盖被子？我睡在她旁边的床垫上，最好离她远一些，因为我几乎要触碰到她垂在地板上的胳膊了。她与卡蒂拉完全不同，也许，我与母亲也不一样。纳蒂亚和卡蒂拉两人在同一个身体里生长了九个月，在同一个子宫吸收同样的血液。我出生时，没有拥抱，没有母亲的怀抱，什么时候把记忆还给我？他们说你已经不在人世，每年母亲节我都会为你准备礼物，"把你的礼物献给法蒂玛圣母"，你们觉得我这样容易吗？她可以忍受枪林弹雨，却不能把我背在背上，尽管我是那么的瘦小。两公斤？三公斤？还是五公斤？她还活着，我知道她还活着。

房间里很凉，会感冒的，应该要盖一条毛毯。我后悔拥有这么多无声的痛苦。我幻想过，但不能抱怨。生活在世上，应该去拥抱生活。我应该感谢外公，我真的非常爱我的小外公。他们在嘲笑孩子和女人的不幸，内在的懦弱和伤痛让战争对他们的伤害更大。如果它们一直留在心里，我会变成什么样？

卡蒂拉在卫生间待了很长时间，她到底在做什么？也许，我母亲已经嫁人，也许她在伦敦上学，或者我还有其他兄弟姐妹，有吗？我必须起床去卫生间。我希望有水可以用。现在已经七点多了，我把手表放在哪里了？快来不及了。卡蒂拉终于从卫生间出来了。她走进房间,躺在床上。我马上起床,先试试是否有自来水。妈的,真讨厌,一切都是辣椒在作怪,像在戳我的屁股。"去拉屎",我忍不了了,我需要立即上厕所,别无选择,必须要快。荣誉与耻辱,谣言、淫乐或者陈规,无论如何,屎都是世界上最糟糕的东西。"她被称为女人,因为她是从男人身上取出来的。"①她们没有哭泣,很坚强,像外公客厅里的黑木雕。地球上最糟糕的事情,是不知道谁还在乎黑皮肤的女人。

  最好把手指放进嘴里,让自己呕吐,吐出来会好受一些,我喝太多酒了。在这里,我是个白人,在那里我是黑人,中间的位置是很差。我应该先吐,味道难闻至极,得坐一会儿。很快,我就没有力气了。我走进浴室,一股热流从身上流下来,再多一点热水。我的双脚好痛,双腿也在不停地颤抖,这是遗传病。几分钟后,我走出浴室。带上一条毛巾,避免弄湿枕头。冷静、深呼吸,若泽法和她的女儿已经到了,要是能喝杯茶就好了,这里连一杯水也没有。我现在不能下楼,感觉不舒服。是食物中毒,还是其他什么问题?我要睡觉,躺下来,闭上嘴。我应该先去找我的手表,它应该放在床

---

① 《创世记》中,亚当说:"这是我骨中的骨,肉中的肉,可以称她为女人,因为她是从男人身上取出来的。"

边。找东西可能比找人更加困难。这个坏毛病是跟艾丽莎外婆学的。我可以把东西藏得非常隐蔽，尽管有时自己也找不到。母亲也藏起来了，她不想别人找到她。她应该感到羞愧，或者后悔。也许，我应该数绵羊。孩子出生时加速的脉搏还通过脐带与母亲相连，脉搏像是中继器。母亲吸的每一口气都一定是孩子的，孩子呼吸的每一口气则是自己的。当你呼吸时，也许我就出生了。出世，降生，我没有出生。唉，我太累了，睡不着。总是这样，奇怪的噪声。要下雨了，音乐太棒了，我想出去看看。在里斯本就不一样了，一切都令人沮丧。我不应该唱摇篮曲，可怕的爱好，这让我自己无法忍受。我决定下楼喝水。没有人忘记安哥拉，他们也没有忘记我母亲，希望我不要继续了解我母亲。生活在这个身份的阴影下太糟糕了，像被割断的舌头。这就是为什么我那么晚才开始说话。我下了楼。

我把坏情绪压在胃部的角落，去卫生间处理满身的酒味和疲惫的面孔，用老办法掩盖宿醉的痕迹。以前，我们在寄宿学校的周日晚餐后也会狂饮。把酒精饮料带入宿舍需要制订策略，虽然有些荒谬。同学露丝，尽管年龄不算大，但已经发育成女人的样子，她可以去购买伏特加或者金酒。随后，根据每周的酒量，每个人把各自的酒倒进小矿泉水瓶中。在宿舍里，我们会小范围地聚餐；在教室里，我们会像喝水一样喝着特制的矿泉水，从未有人发现端倪。

经验让我消除身上异味的尝试变得简单，为了达到最好的效果，只需按照下列步骤操作：首先，反复用牙刷刷舌头；接下来，最关键的一步，是在用牙膏涂满嘴巴之前，确保嘴里是完全干燥的。因此，至关重要的是去除嘴里的所有唾液。建议用颧骨的肌肉发力，吸吮唾液，然后吞咽下去，或者用力吐出去。

清除了酒味之后，需要呼吸新鲜空气，然后晚上便能睡个好觉了。把指尖温热，轻轻地揉捏面部。活化的血液会使皮肤更加粉嫩、紧致。现在，我便在卫生间的镜子前做这件事。

没有什么办法可以掩盖头痛。

若泽法在厨房里，我和她打了个招呼，问是否有水喝。她很快递给我一杯水。当她走近我时，我发现她很沮丧。

"若泽法女士，怎么啦？"

"我的外甥女甚尼尼亚，昨天被他们杀了。"

"真抱歉，我感到很难过。"我假心假意地说出这句话安慰她。

我应该询问发生了什么事，但我没有那么做，而是决定先去喝水。预兆是厄运。

"洛美娜夫人去理发店了，留下口信让你们下午五点去参加婚礼。"

我很后悔，于是决定了解若泽法的外甥女遇上了什么事：

"基尼尼亚是怎么回事？"

若泽法女士没有说话便开始哭了起来：

"太不公平了！一辆军车把她押走了。"

"军车？"

"士兵的车。"

"他们开枪了吗？"

"是的。"

"你们没有报警？"

"报警？维多利亚小姐，她就这样扔下了三个孩子。"接着，她用手向我比画孩子们的平均身高。

"若泽法，现在怎么办？"

"我们无能为力。能做什么呢？！这就是我们生活的国家。我的外甥女过着游街小贩的日子，饱受痛苦，日晒雨淋。可怜啊，我的上帝，现在，她可以安息了。"

"该死的厄运。"我没有什么可以和若泽法分享，也没有感觉到她想听我多说几句话。我需要多喝点水。若泽法问是否需要她为我做午饭，我回答说不饿。

"维多利亚小姐，你遇到过麻烦吗？"

我遇到过麻烦吗？我的生活充斥着耻辱，逃婚、对母亲一无所知并被她抛弃。若泽法，你问我有什么麻烦？

我思考后回答：

"或多或少都有吧。"

若泽法乐观且充满希望地告诉我：

"一切都会过去的。"

我往杯子里倒了更多的水，说了再见后便上楼。

我躺在床垫上，心里开始了另一段独白：

今天，需要警惕参加一场婚礼。很明显，我不应该去。我甚至不认识新人。三个星期之后，应该是我的婚礼。和迪尼斯在一起是个错误。我不应该让他参与其中，让他插手我的生活。卡塔丽娜永远不会原谅我，但她已经结婚。完美的婚姻，只要她抓住我的手就足够了。知足吧！睡觉吧！最好光着身体走到祭坛，我几乎做到了。嘘！卡塔丽娜喝小酒时，会把小包的糖遮起来。人们会在我的嘴唇上发现糖，她会像其他人一样舔我嘴唇上的蜜糖。在祭坛上，人们会看到一个恐惧格鲁斯·达丰塞卡的迷失方向的小女孩。看在夏娃的份上，让我安静一下！走吧！闭上嘴快睡觉。

9

洛美娜高跟鞋的声音还在一楼便可以听到。我不确定她是否知道我们早上才回家。我是跌跌撞撞地走进家门的,或者不是,我不确定。很可能是羞愧让我产生了这样的回忆片段。

我想下楼,把纸条给她。

我非常在意别人的看法。令我伤心的是有些人一开始喜欢我,现在却不再喜欢了。他们放弃我,因为发现我并不完美。随着弱点的暴露,我被遗忘了。

我决定下楼聊天,但我是个追求完美的人。

在浴室的镜子前,我打开化妆包,取出眉笔、粉扑、睫毛膏和唇膏。其实这并不是化妆包,而是一个白色的塑料包,它带有一个万寿菊图案,但它并不是太阳的颜色,而是大麦色。

化完妆后,我的眼睛变得炯炯有神。我把自己伪装成从沉睡中醒来的人。

我走下楼，看到洛美娜坐在沙发上翻着一份报纸，我试图让自己安静下来。她看到我时，笑着问道：

"这里的聚会挺好的，对吗？"

我点点头。

"我们去吃鱼吧。"她说着，走到桌子旁边。我一边吃着土豆和熟木薯，一边想着要不要等吃完再把纸条交给她，但我决定不等了。

在洛美娜专心切鱼的时候，我迅速把纸条放在她的餐盘旁边。我用余光看到洛美娜发现了纸条，她把用来寻找最美味的鱼肉的叉子放了下来，拿起纸条，打开了它。

她将下巴托在大拇指上，用食指卡住，挑了挑眉，惊讶地大声喊道：

"啊！啊！啊！"

她嘴巴半张着，皱紧眉头，睁大双眼直勾勾地盯着我，问道：

"你找扎卡里亚斯·文杜做什么？"

我们四目而对，洛美娜焦急地等待着，等我给她一个回答。

我慢慢地靠近她。我没有理由跟她窃窃私语，客厅里只有我们两个人，我要说的不是什么秘密，也不是道德沦丧的事。这样做是因为我很钦佩洛美娜，只想把事情透漏给她。在谈论扎卡里亚斯·文杜时，也许最好秘密进行，或者用最恰当的描述方法：

"他能帮我找到妈妈。"

"怎么找？"

"我不知道。伊撒尔蒂娜姨妈让我这样做的，"我解释，"她让我去找他。"

洛美娜用手托住下巴，开始激动起来。她试图控制自己的情绪，但失败了。

"你姨妈在哪里认识他的？"

"不知道，她没有向我做过多的解释，只说他是我寻找母亲过程中一个很重要的人。另外一个人是……你知道谁是儒丽亚娜·迪然巴吗？"

"别着急，我们还在聊将军。"

"你认识他吗？"

"非常了解，他会在今天的婚礼上出现。"

洛美娜的回答，让我不由自主地靠向椅子。她也同样向后靠。

"他是新娘的好朋友。"

"哦，但谁是将军？"我坚持问洛美娜。

洛美娜主动前倾，距离我的脸颊只有几厘米，尽管客厅里只有我们俩。她这样做，是因为要说的事情很机密，且不道德：

"将军控制着国家。他有很多钞票,钱,你懂吧?"

"不懂。"

"倒卖军火。这都是我听说的。"

"呀!也许,他是个危险的人。"

"他是个非常有教养的人,很多人都是他的好哥们。"

"即便如此,他也可能很危险。"我坚持说。

"他是个好人,"洛美娜信誓旦旦地说,"大家都说他是个好人,在战场上杀敌无数。听说,他总是把玉米袋子套在靴子上,怕血弄脏自己的靴子。"

我们都沉默了,估量着谣言对我们评价他会有多大影响。

"这些都是传闻!"洛美娜解释道,"我们可以和他聊聊。"她坐下时强调。

洛美娜再次拿起纸条,说:

"关于儒丽亚娜·迪然巴……我要去调查一下。"

"我被送到外公家抚养时,她和我妈妈在一起。"

"在哪里发生的事?"

"力博。"

"还有其他线索吗?"

"她也是一个军人,身材矮小。"

"跟你一样,是个混血儿?"洛美娜试图弄清黑人的等级。

"她是黑人。"我回答。

"我们会找到你妈妈的。"她承诺,并握住了我的手。

随后,好像突然发生了什么一样,她松开了紧紧握住我的手,拿起刀叉,开始切鱼,然后把鱼肉叉到我的餐盘里。

"尝尝多明加斯的鲫鱼。"

我不敢拒绝。

洛美娜不停地吃鲫鱼,要把鱼吃光。她用餐刀切断鱼的脊柱,把鱼头和身体分开,并用手处理鱼头上的鱼皮、软骨和鱼刺。她像一个小吸尘器,吸走鲫鱼头里剩下的东西。

鱼一侧突出的眼睛盯着我,我的眼睛也看着它。它的眼睛闪闪发亮,一直盯着我。我感觉被它催眠了。

洛美娜厚实的嘴线不规则地移动,发出"嘘嘘"和"曜曜"的声音,这种声音让我感觉很困惑。我同时还听到橙色芬达饮料穿过吸管发出的"呲呲"声。

洛美娜在这里不停地"解剖"鱼的尸体。她的蓝色指甲长长的,看上去像一个小型挖掘机的机械臂,长指甲刺破鱼的眼膜,把鱼眼珠挖出来塞进嘴里。

她吮吸着眼珠,直到把眼珠上的胶质全部吸完,然后把它放在盘子里。原本在一侧凸出的眼睛,在那一刻好像一颗塑料珠子。另外一侧的眼睛呆滞、宁静，像我的眼睛一样。卡蒂拉走进客厅，打断了我那令人厌恶的遐想。她饿了，母亲为她做好了菜：在鱼上面浇上汤汁，把土豆和木薯切成小块，她可不想女儿被鱼刺卡住喉咙。这位母亲在棕榈油豆上撒上一层白糖，然后递给她。照顾她，呵护她，这就是洛美娜。

"女儿，你听着，有人杀了若泽法的外甥女。"

"什么时候的事？"

"昨天，一伙士兵干的。"

"难道穷人就不应该受到尊重吗？战争还没有结束吗？"卡蒂拉发问道，嘴里塞满食物。

"她当场就死了。"

"为什么杀她？"

"她是个街头小贩。好像是因为她不愿意给士兵几瓶水作为保护费。"

"就因为这个，他们向一个女人开枪。去起诉！"卡蒂拉希望求助于司法。

"你妹妹不来吃饭吗？"

"不知道，还是让她睡觉吧！那我们家里会多久没有佣人？"

"她们母女二人轮流工作。若泽法来一天，马列拉来一天。"

我吃鱼时，安东尼奥外公同样会替我把鱼肉分成小块。那是一段美好的回忆，但也是一段无用的回忆。我不想让它黯淡下去，也不希望它出现。有些记忆会妨碍我们，不是我们所要寻找的，希望它们不要来找我们。还有其他回忆并不会阻碍我们，因此我们希望它们反复出现。我们一次次默默地回忆它。这段记忆困扰着我。离开马尔维拉时，我甚至没有和外公说声再见。

午餐后，洛美娜收拾餐盘，并把它们拿回厨房。

卡蒂拉对我说她受够了这个该死的地方，想离开罗安达去国外学习。她现在在等待奖学金，是尼诺表哥组织设立的。纳蒂亚也要去。两姐妹都想去南非学习，这样，她们距离自己的母亲就不会太远。卡蒂拉想学心理学，但她会选择工程学，因为"这里的疯子无药可医"。

洛美娜从厨房里端出一盘水果。玻璃水果盘的颜色是"雅克·库斯托的海底世界的颜色"。我和外公不会错过任何一集水生生物的动画片。小时候，我和他坐在一起看，看到"怪物"而感到害怕时，我会立即捂上眼睛。为了回应我，安东尼奥外公也会捂上自己的眼睛。

水果盘中，像有五只河豚。事实上，那是五个毛叶番荔枝。洛美娜抚摸着它们，要找一颗成熟的果子。她找到了一个，把它从果盘中拿起来，两个大拇指分别放在番荔枝的两端。毛叶番荔枝被一分为二，两块几乎一样大，内部分布着类似发芽的肺片。每个部分都有一个椭圆形的黑色瞳孔。洛美娜拿起一块果肉放进嘴里，慢慢地吮吸果肉，吐出果核。果核落在地板上旋转起来。

我觉得嘴里有酒精的味道，胃里有一块被遗忘的角落没有完全清理干净，现在，它开始爬上我的食管。我试着咽回去，却又回到原来的位置。我站起身，跑到卫生间，"睁着双眼"呕吐起来。

我把焦虑和精神错乱排出来，它们经过我的嘴巴时，把胆汁的辛辣和苦涩留在了我的舌头上。

正如洛美娜建议的那样，我最好留在家里休息。但我拒绝了，我想去参加婚礼，想认识将军。

洛美娜尽管皱起眉头，最后还是接受了我的决定。

她权威地把双手放在桌子上，站起身，在脑中盘算着什么：

"现在是下午四点半，我给你泡一杯菊花茶。"

"谢谢。"我答道。

"卡蒂拉，我希望你们在一个小时内准备好，我们还要去接塞莱斯特女士。"

"好的，头儿。"

当我们抵达马样卡区时，塞莱斯特已经站在楼道门口等我们了。卡蒂拉下车让塞莱斯特上车时，纳蒂亚向我介绍附近的一栋楼，它看起来像一本书，是罗安达最著名的建筑之一。

"你看楼的中间。"纳蒂亚用手指着一些窗户。

"是的，我看到了。"我回答。

"那是书脊，"接着，她继续说，"右边的楼是封面，左面的楼则是封底。"

很明显，我看到自己面前有一本巨大的书。一排排封闭的阳台像一行行文字。

"因为这栋大楼，这条马路被命名为书楼路……"纳蒂亚教条式的讲解仍在继续："在罗安达，街道都有昵称，如安哥拉日报路、回归线宾馆路……诸如此类。"

卡蒂拉上车后，坐在我旁边的后排座位上。她不合理的落座使得我的空间越来越小。纳蒂亚抱怨姐姐，却毫无用处。卡蒂拉对此充耳不闻，她占据着很大的空间，不想弄皱身上的衣服。

"很高兴听你的介绍，谢谢。"

卡蒂拉又毫不留情地向我挤过来，说：

"听听你的口音，维多利亚。展示一下。"

她的话像是一记重重的耳光打在我的脸上，残酷地提醒我不属于那里。事实上，我并没有地方口音。

"你拖长音说话。不要说'晓得'，要说'晓得啦'，明白吗？"卡蒂拉继续说。

车上响起一阵大笑。

卡蒂拉傲慢自大,但也很滑稽。

"如果你说'晓得',后面必须加语气助词。"

"应该说'晓得啦'。"

10

我们抵达了一个广场,那里有一座教堂,不是白色的,也没有罗马柱,而是由一根根向上延伸的直线柱子组成。这样的线条不像是天主教所有。我想找十字架,但没有找到。教堂的不远处有一座狭窄的塔楼,是座钟楼,顶端安放着一个黑色的十字架。

我们登上教堂的台阶。记得《创世记》中提到过信仰的台阶。台阶起始于地面,供上帝的天使通行。母亲是一个台阶,是我的第一个也是最后一个台阶。我在自我救赎。一秒钟后,我觉得出奇地安静。我的骨骼和血肉都获得了呼吸。

通过三扇沉重的木质大门可以进入教堂。三扇门全部敞开,我们选择走中间的门。未来将全部改变。船是母亲的子宫,明亮、宽敞、包容性强。从入口到祭坛的人行通道好像是一条红色的舌头。通道的尽头有一个十字架。"我多少次得到过它,它又多少次消失不见!这些并不是必须记住的事情。逝者的遗像会摆放在教堂里吗？人们在受苦吗？快拿起十字架！"我在内心深处呐喊。没有人听到我的声音。在祭坛的天花板上，一颗十二个角的星星保护着耶稣的头部，所有圣徒都已消失。

教堂里挤满了人，风扇掀起一股股热浪，人们满脸的微笑和汗水，有些女人手里拿着一把扇子。在洛美娜决定坐下来之前，我们已经停停走走了数次。人们之间的问候漫长且重复，他们都不是我要找的将军。最终，我们在教堂的中间坐了下来。

祭坛附近，传来一个纯净的声音，要求大家安静。我沉默着，内心却一直在嘀咕，无法停止。卡蒂拉不停地哼着流行音乐。那是一种轻蔑、滑稽的声音。纳蒂亚用手顶了顶她，让她立即停止。

婚礼开始了，在场的人都起身站立，表情严肃。新娘入场了，非常靓丽。我笑了，接着流下了眼泪，不是痛苦和悲伤的眼泪，而是幸福的眼泪。眼泪照见生活，那是一种不会把我们变老的眼泪。泪水流了下来，清澈且明亮。痛苦和悲伤的泪水会灼烧哭泣者的双眼。

纯白色的婚纱使新娘的黑色皮肤显得十分完美。她对称且修长的锁骨格外突出，甚至可以把鸟笼挂在上面，鸟儿似乎能在其中的一个凹处筑巢。她拿的花束小巧精致，一根线把面纱固定在新娘的头发上，长长的，垂落到地板上。白色的面纱紧紧地追随着父亲。新娘身材娇小，与父亲的高大形成鲜明的对比。洛美娜轻轻地推了推我，告诉我那个父亲就是将军。

我也差点就结婚了。之前我已经说过。迪尼斯，我的前未婚夫，是我的闺蜜兼女友卡塔丽娜的哥哥。我上学前，卡塔丽娜已经在学校学习了。是她的爸爸阿尔戈巴萨先生向外公请求两家联姻的，嫁给迪尼斯可以让两家人拉近距离。

迪尼斯三十岁左右，已经开始秃顶，衣服和鞋子好像是从他某个已故的叔叔那里继承来的。根据安东尼奥外公的观察，迪尼斯从来没有过两双以上的鞋子，并不是他缺钱，而是他不在乎。

我们俩彼此排斥，谁都没有告知对方以往的恋爱经历，直到我们各自开始工作。迪尼斯在他父亲的公司上班，我在图书馆工作，别人不明白为什么我们直到现在还一直单身。我们的关系陷入了困境，因此需要打破僵局。迪尼斯的父母希望长子结婚，安东尼奥外公也觉得这是一门好亲事。

我和迪尼斯像两条脆弱的船，被同一个锚固定在深海里。我们没有放开彼此的双手，因为这样做会把我们带入深渊。我们不想和对方结婚，但这也许是正确的选择。他们强迫我们订婚。迪尼斯是同性恋。我们从来没有做过那种事，我们对此也不感兴趣。

婚期定在初夏，请帖已经分发出去。我离家到里斯本取我的婚鞋，之后便再也没有回去了。

结婚的目的——这并不是我和迪尼斯的追求——正如罗安达圣家教堂助祭说的，是让新郎新娘结为一体。"任何人都不能分开上帝有意撮合的人。"这些话在教堂里回响。

最终，新人交换戒指，礼成。人们热烈地鼓掌。慢慢地，我们走出教堂。我问洛美娜什么时候能和将军谈话。她回答说现在还不是时候。

我决定近距离地观察他。我试图穿过院子，但那些太太们挡住了通道，二十条腿穿着"恨天高"在行走。她们时而向右，时而向左，总是步调一致。她们像教堂外肥胖的黑衣寡妇，彼此靠得很近，因此身上穿的黑色衣服看起来像是缝合在一起的。

我回过头，台阶上到处都是好奇的围观者，他们在享受这场盛大婚礼的狂热。夜晚降临，只有孤零零的月亮。客人们被带到教堂旁边一个小花园里。

一阵微风袭来，棕榈树的叶子随之颤动。教堂的聚光灯为城市带来了一抹光亮。婚礼摄影师不停地拍照。《样子》杂志的摄影师负责拍摄安哥拉的上流社会人士，里面就有洛美娜和她的两个女儿，塞莱斯特和我急忙躲开。我也用自己的照相机为她们和新郎新娘拍了一张照片。

当今，通常用"婚宴"来指代婚礼派对，但为了体现婚礼的盛大，必须使用正确的名称，"婚礼"并不十分贴切。

晚上九点过后，宾客们和"鸭子们"坐在婚宴的桌子边。"公鸭"或者"母鸭"指的是特定的人，比如我这种没有受邀便来参加婚礼的人，尽管邀请形式并不重要，他们不会拒绝一个受邀客人的家人，或者受邀客人的朋友。

桌子上铺着鲜艳的红色桌布。每张桌子的四个角都打了结，每个结上面都系着大缎带和白色的玫瑰花。

在我们的餐桌上，塞莱斯特说所有的奶酪、香肠、鲜花以及婚礼的大部分装饰物都是从约翰内斯堡空运过来的。

谈话能让人分心，却会让胃部变得不耐烦，从人们狂热地盯着北边摆放自助餐的地方就知道了。取餐的时候，人们的眼睛像射出的激光。有冷盘和沙拉，再往前是海鲜和热菜，最后是烤肉和传统菜肴。我几乎忘了那张摆满甜点和蛋糕的桌子了。

我们坐在离新人很近的地方，不过是在一个角落里。

将军坐在新人旁边，身边是他的妻子，她就像维伦多尔夫的维纳斯①，应该是一个厉害角色，胳膊、胸部、肚子和屁股都很丰满，这代表着漂亮、生育能力强和富有，就像大号的芭比娃娃。这个芭比娃娃来自另一个星球上的另一个地域。

将军目光如刀，在意淫眼前的一切，从他的眼球和用手指抚摸胡子的动作中，可以看出他欲火焚身。他是只老猴子，知道该如何调整观察视角。他用注视妻子时带着的淡淡爱意来弥补自己放肆的目光。

在婚宴上，除了那对新人，他是唯一已经倒满酒的客人。他们旁边摆放着几瓶冰镇的香槟酒。

将军身后不远处，有两个不苟言笑的男人晃来晃去，似乎在监视这场婚礼。我想知道他们是什么人。塞莱斯特好像发现了我的好奇，或者至少注意到我在看着他们：

"你盯着将军的保安很长时间了。小心他们砍掉你的脑袋。"塞莱斯特开玩笑道。

"他们高大魁梧的身材真吓人。"

"宽尼亚玛人。个头高大、强壮、忠诚。上帝赐给我一个这样的男人吧。"

塞莱斯特一旦大笑，便似乎没有办法停下来，就像

---

① 一座女性雕像，形象矮小而肥硕。

有两根看不见的绳子从耳朵后面拽住了她的嘴角。她的牙齿有点吓人，前面缺了一颗牙，缺牙的地方可以同时放两颗牙齿，即使塞莱斯特不笑，它也是敞开着的。

坐在我旁边的卡蒂拉笑着说：

"受不了了吧？你太拘谨了。"

新人开始取餐，自助餐正式开始。一群大蚂蚁径直朝白糖堆爬去，更多的蚂蚁则直接冲向吧台，吧台后面堆放着一米多高的冰冻饮料。

所有人都在不停地吃。

午夜过后，新郎新娘在玛丽亚·凯莉和路德·范德鲁斯的《无尽的爱》的和弦音乐中走进舞池。接下来是纳特·金·科尔的《难忘》以及披头士乐队的《你所需要的只是爱》。那年轻的小夫妻继续跟随音乐的节奏跳起完美的舞步。

民族音乐响起时，音量也提高了。很快，宾客们就把这对新人围了起来。

"狂欢开始了！"热情的洛美娜站起身，双手在空中拍打起来。"我们也去吧！"说完，她没有等任何人就走进了舞池。

纳蒂亚和塞莱斯特跟着洛美娜进去，卡蒂拉一直坐着。我问她是否认识将军，并向她解释了我为什么想认识他。

没想到，卡蒂拉拉住我的胳膊站起身。我跟着她，朝将军的桌子走去。快到达时，我们绕到另一头，那里的桌子相对更小一些，周围坐着几个女人，将军的妻子也在，我们便停在那里。卡蒂拉上前和她交谈了几句，然后用手指了指洛美娜，表明她们的血缘关系。女人笑了，并亲了她两下。她们交谈的时候，我观察着将军，他努力保持镇定，试图掩饰自己在偷瞄卡蒂拉坚实的臀部。我想象着他流口水的样子，感到非常恶心。

最终，我被介绍给这群贵妇，她们满脸汗水，但我不得不和她们行贴面礼。我没有亲吻她们，只是脸贴脸。我不鼓励亲吻，尤其是在非常炎热的天气里。艾米莉亚是将军的妻子，她让我们坐下来，很快添了两把椅子。

艾米莉亚对我的热情，使我相信她已经知道了我的故事。她起身和丈夫说话，将军没有任何表情地看着我。艾米莉亚回来后，递给我一张将军的名片，让我在一周内给他电话。我谢了她。

"这是我们生活的理由，任何时候家人都非常重要。你能找到母亲的。"她对我保证，我会得到在座贵妇的帮助。

我叫她艾米莉亚阿姨，因为"阿姨"是对所有贵妇的称呼，是尊贵和高贵家庭的标志。她和我们告了别，应将军的要求去照顾他。

音乐停止时，我们回到了原来的桌子前。与此同时，将军的两个保安用力地拍了两下手。只有孩子们没有害怕，继续嬉戏。

将军站起身，调整了一下西服翻领上的白色玫瑰花。令我十分吃惊的是——我相信其他人也一样，他竟然开始背诵维尼修斯·德·莫拉埃斯的《爱情十四行诗》。

无需想象将军脸上的泪水，因为它们真的流了下来。他擦拭着眼睛，然后把纸巾扔在地板上，用来证明眼泪的存在。将军在宾客间移动，激情饱满地背诵诗歌。背到最后一节时，他双膝跪在妻子面前。起身时，他有些吃力，但拒绝了保安的帮助，自己站了起来。

他把热情的时刻献给了新婚夫妇和他美丽的妻子。热烈的掌声淹没了他的声音，大家都站起来，请他再朗诵一首。将军害羞地拒绝了。

掌声中，塞莱斯特说他是伪君子，卡蒂拉也同意她的看法。

接下来的几个小时是盛大的派对。这样的婚礼只有古罗马举行的派对才能相比。应该指出的是，婚宴上出现了狂欢，餐桌的三面放置了躺椅，连小孩子都不上床睡觉。"他们吃水果，水果篮放在地上……"音响声音放到最大，贵妇们扭动坚实的臀部，围着中心转圈。她们快速移动，敲打并抚摸着同伴的肚子，一步向外，一步往里。她们捂着肚脐,迈着方步跳起累比达舞。

少数坐着的女人决定脱掉鞋子,加入转圈舞蹈。年轻的或年迈的,穿鞋的和光脚的,大家都在欢笑。在他们身上,能看到幸福的安哥拉家庭的影子。舞蹈的车轮在旋转,旋转着舞蹈的车轮,黑暗被头脑点亮。燃烧与死亡。光明赋予生命。

11

席尔瓦波尔图，该市公证处1943年2月9日颁发的公证书证明，艾丽莎·瓦伦特·帕切科于该日嫁给安东尼奥·格鲁斯·达丰塞卡。这场联姻发生在世界的中心，南纬12°01'18"，东经17°27'33"，地球旋转的静止点。这是通往世界各地的门户，位于安哥拉的中心。拜访伊撒尔蒂娜姨妈时，外婆用手指着这个地方。

"如果你看不到，如果你不把手指放在这里，你就不会相信我的话，我接下来要讲的——即使是真正发生的事情——也会被认为不合理。把它当成充满智慧的小人书故事吧。"外婆对我说。

万物之母找到大酋长，让他请求巫医找出世界的中心点，也就是连接王国与这里以及这下面的土地的地方。巫医登上一座高山，那山的形状像一把刀，当地人称之为奥摩库。巫医在山顶使尽全力跺脚，弄出了一道巨大的裂缝，他从裂缝里取出两只长着金色鹿角的紫貂，以及两只长着钻石翅膀的猎鹰，把它们分别送往世界的四个角落。

最后，巫医将自己扔进了缝隙中。他从大地的喉咙里自由降落，抵达艾丽莎外婆指给我们看的地方——故事的发生地——比耶省的卡马库帕。两只猎鹰先于他抵达，不久，紫貂们也到了。卡马库帕是世界的中心，世界的肚子。我的外公外婆在那里结婚了。

在小姑娘诺艾米亚的帮助下，婚纱和蕾丝花边从罗安达运达这里，人们在规定时间内缝制了一件婚纱：袖子很长，领口很紧。安东尼奥外公加快进度——用老百姓的话来说——准备办一场喜事。

安东尼奥和艾丽莎两人趁热打铁，不到一年时间，第一个女儿就出生了。出乎意料，长女没有继承妈妈白色的皮肤。罗莎出生时皮肤是深色的，继承了父亲的血统。太阳成了外公的指责对象，因为它把艾丽莎外婆的肚子晒得太热，女儿的皮肤才会变黑。

接下来的两次孕期，艾丽莎外婆都不再到比亚河畔散步。为了躲避阳光，她几乎整日待在家里。人民的智慧得到了验证：弗兰西斯卡姨妈和伊撒尔蒂娜姨妈的皮肤都是浅色的。

她们对我提过的不仅有这个故事，还有其他许多家庭回忆。在我的童年时光，我一直专心偷听外婆和姨妈们说话,却假装心不在焉。

家庭的回忆不仅仅是生活在其中的人的回忆,后人是带着前人的记忆来到这个世界的。我存在于那个过去,记忆便属于我。我认识的安哥拉,是记忆中的记忆。这些记忆并没有随着时间的流逝而慢慢消失,它是幸福的乌托邦,是我的家人都在思念的安哥拉,是经常出现的回忆,可以消除当前生活的紧迫感。

让我们回头看看艾丽莎外婆的婚纱。它被装在一个灰色的金属箱子里,与家里的其他物件一起邮寄到葡萄牙。

六十年后,艾丽莎外婆把它铺在自己的床上,想使用其中的一部分蕾丝花边。显然,它没有经受住时间的摧残,碰一下就烂掉了。

似乎已经不可能再穿了:婚纱对年迈的外婆来说太大了。意识到这种变化之后,外婆开始焦虑,她翻遍自己所有的衣服,想帮助自己理解此种现象。没有找到答案。在翻看相册的时候,她让弗兰西斯卡姨妈把婚纱挂在衣柜的门上。

婚礼当天的照片揭开了谜底。照片中的新娘艾丽莎,我的外婆,穿着一件长及脚踝的连衣裙。令人不安的是,我们三个人的看法一致:艾丽莎的身体变小了。没有人敢低声说出这个想法,一束强光照射我们的眼睛,随后在很长时间里我们都处于黑暗之中。最后,我们仅仅交换了一下眼神。

为什么会有这样的变化？瘦小的身体已经不能再穿上大大的婚礼服，仿佛只有她，只有女人才能解释发生过的事情：

我的灵魂在我的身体里融化。感受、想法和欲望从未发出过声音，骨骼尽可能地承受着给它的最大重量。我是一个沉默且不起眼的灵魂。外婆失去光亮的眼睛在我们面前定格住了。

没等我们反应过来，独自坐着的外婆便从衣架上把婚纱拿了下来，揉成一团。婚纱破碎了。随后，她离开了房间。我们跟在她身后。她在花园里用一把火把婚纱烧掉了。婚纱没有了白色的样子，只剩下黑烟。

"你想结婚吗？"外婆边问我边拿起铁锹，用泥土掩盖婚纱灰烬。

"从来没有想过，我想去找妈妈。"

"我们是自由的。"她回答。

2003年春天，在狂欢节之前，花就开了，至今没有凋谢。筹备婚礼成为我到安哥拉旅行的借口。

安东尼奥外公出门时，我们会溜进他的办公室，搜索可以帮助我找到母亲的信息。在没有任何帮助和证据的情况下，我们别无他法，只能去找伊撒尔蒂娜姨妈。

我是伊撒尔蒂娜·维恩巴·格鲁斯·达丰塞卡。对那些与我有亲密关系的人来说。

我出生于1949年9月6日，内心已经出现问题。愚蠢战争的创伤使我患上了严重的精神疾病。或许，我是一个不会适应社会、不懂得快乐的人。我说话不过脑子，性子急躁。父亲安东尼奥·格鲁斯·达丰塞卡拘禁了我。我在一家诊所待了十五年之久。有食物、床、干净的衣服和香烟。在这里是自由的，不像在马尔维拉。

吃完午饭已经是下午三点，我喝了咖啡。我们四个人聚集在一起是很难得的事情。她们给我带了SG过滤器、甜品和钱。我沉默着，等着她们三人告诉我什么时候可以离开。也许，那个老头已经死了，母亲总觉得对不起我。她让我抓住她的双手，无声地流泪。那双手总是在颤抖，并沾满眼泪。我听到罗德斯·班杜内在唱："看啊！我犯了什么罪？我痛苦的话语！"

弗兰西斯卡总是播放克里登斯清水复兴合唱团的音乐，我们经常听到"昨天和前几天，太阳很冷，雨很大，我一直以来都这样想，直到永远，一直走下去，快与慢，我知道它无法停止，我想知道……"

维多利亚的双手静静地放着。跳动的文字和词汇在寻找它的诗。

痛苦总能找到一个让自己被倾听的方式。

言简意赅，维多利亚告诉我：

"我要去安哥拉找妈妈。"

"罗莎，我的姐姐？"

"是的。"

"你的婚礼怎么办？"我愚蠢地问道。

"我不要结婚。"我的外甥女向我宣布。

我看着母亲，再看看弗兰西斯卡。她们的沉默确认了这个消息。

"你们已经在那个人家里找到线索了，现在找我做什么？"

"姨妈，您的记忆力好。把所有的事情讲一遍，这可以帮我找到她。"

"没错……我什么都没忘记。"

"姨妈，这就是我们来这里的原因。"

那天下午，我用忠实的回忆讲述了关于罗莎的一切。我们达成了一个只有我们四个人知道的协议，甚至连上帝也无法窥探到。

12

星期天。

罗安达还没有醒来。这只疲惫的野兽,决定延长自己的睡眠。人人都有权进入这座城市,但每个人都拖着自己沉重的身体。从星期一到星期六,精英社区和城中村把他们多余的故事推到历史的中心。罗安达已经不堪重负。

只有星期天是休息日。公路、街道、人行道、操场和广场一片空旷,它们在恢复、保养,就连建筑物也似乎变得井井有条了。星期天是慵懒的日子,因此不必做任何事。

太阳并没有努力地冲破云层,总是忽隐忽现。终于,罗安达感受到了太阳的温暖,开始苏醒,但它只伸展着筋骨和思想,还不想下床。

伊利亚岛并非这样。岛上的生活一直充满热情,并没有懒惰。一些孩子在训练"摔跤"①，那是对手之间的玩耍。他们双腿自然向后弯曲，做了一个后空翻。卡贝图拉师傅坐在红色的塑料椅子上，觉得腿脚疲惫。即便如此，他依旧在努力教孩子们对战。在给孩子提示时，他用力比着手势。还有一些孩子在水中游泳，他们站在木板上玩冲浪。大海洋溢着幸福，孩子们幻想自己站在海浪之巅，海浪破碎的时候，他们就能冲到柏油路上了。

卡贝图拉师傅觉得不安，早上起床时，左耳总是出现耳鸣。他不再做梦，但不知道怎么回事，那个声音依旧没有离开他的耳朵。

他想象着在那里可以看到罗安达的全貌。莫洛科鲁兹岛顶端摆放着一个巨大的象牙长号，福尔塔雷萨城堡上有另外一个相同的长号。大地上传来一阵沉重的喘息声，然后，号角声飞到顶端，抵达云层，天空也随之舞动。天空的声音传播到它想去的任何地方。在桑巴地区，人们把打击乐器聚集在一起，击打着马林巴木琴和巴图克鼓。

由于跳蚤的缘故，卡贝图拉把双脚埋在沙子里，因耳鸣而分心。他觉得脚很痒，一直不停地抓挠，并尝试回到梦中去克服它。他也想知道，在梦中能否在干涸的

---

① 指安哥拉街头的一种摔跤游戏。

河里看到很多鱼,没有鱼鳍的鱼,愚蠢的鱼。

在河的下游和上游,每条鱼都用一只脚支撑着。那是人类的大脚,各不相同。鱼儿们不知道大海的方向,一直如旋转木马般在原地徘徊。没有水,也不存在水流。在梦里,卡贝图拉变成了一条长腿的鱼。就这样,他注意到了自己。一条肚子向上翻的鱼。

太阳正烈,卡贝图拉从树荫下走出来听收音机。

厨房里,洛美娜也打开了小收音机。她和卡贝图拉一样焦虑。婚礼庆典一直持续到早上,她回家后决定躺在沙发上睡一觉。那是一个错误,白天睡觉对她来说就是一场噩梦。她梦到了那两个女人:若泽法和马列拉。

同样,马列拉也抱有梦想。她睡不着,因为洛美娜把房子弄脏了,而且有很多衣服要洗、要熨烫,还有更多的工作等着她。

马列拉一边听收音机,一边自言自语:

广播员说的消息让我难受。即便这样,我也没有完全明白。现在是新闻播报时间,我想听的是国泰民安和贫民窟的优良治安。

这里的战争一直在持续,从未停止。这是一场反饥饿、蚊虫、垃圾、社会动荡和死亡的战争。还有雨,我们同样需要与之抗争。一不小心,它便会摧毁一切,并夺走我们的生命。覆盖在房顶上的板子又破裂了,雨大的时候它会自己掉下来。

我们很幸运。妹妹艾斯贝兰莎还在家里,她不让雨水冲进家门,拿着水桶和扫把迅速扫水。

我环顾四周。这里不能称为家,没水、没电。洛美娜女士这里的住宅价格昂贵。母亲若泽法不喜欢聊房子的事情。她真的不喜欢。她很生气,抱怨建造房子用掉了很多砖块。以后可能更糟糕,也许要建一个铁皮房。

现在是和平时期,她们梦想有新房子、新学校、食物和饮料。我的愿望是妹妹艾斯贝兰莎可以走出贫民窟,不希望她变得愚蠢,不希望她饿肚子,或者被人殴打。

今天上午,我们去参加基尼尼亚的葬礼。她的丈夫,孩子的父亲也来了。他想留在她的家里。他与若泽法妈妈和姨妈们讨论了家庭状况。我觉得很高兴,因为她们没有让那个蠢货留在家里照看孩子们。人们讥讽他,说他脸上带着一副懒人、瘾君子模样,这样子如何去照顾年幼的孩子们?他不工作,也从未工作过。我们可以数落他。

姨妈们再一次向母亲建议,说我还没有给她添一个小外孙。她们说我年纪不小了,应该有个儿子。母亲告诉她们,我还没有丈夫,她们承诺帮我找个男人。

"要男人做什么?"我问若泽法妈妈。只是造个小人,而且将来他会离开我。贫民窟的生活并不罗曼蒂克,这里的男人连狗都不如,他们可以吃掉地上所有的食物。看看我的表妹基尼尼亚,每天外出做街头小贩。每一天啊!男人只是在外面晃荡,回家时还要向女人要钱,踩躏妻子,随后扬长而去。

这里的生活每天都是痛苦。有时候,我真的不知道自己该如何面对未来的工作。

在这里无法安睡。夫妻之间总是会发生争吵,邻居震耳欲聋的音乐,小孩脸上流着眼泪,这些钻进我脑袋的烦恼,让我不能安枕入睡。到洛美娜女士家之后,我才变得懒惰。睡觉!我柔软的身体几乎在晃动。洛美娜女士责备我,骂我是懒人精。我不高兴。她冒犯了我。

我妹妹艾斯贝兰莎才十五岁,但已经拥有了女人的身材。这让我很担心。我不想让她有孩子。我曾经问过卡蒂拉如何避孕,她帮我开阔眼界、增长见识,让我看到了生活的另一面。每个月她都会给我一盒药片。我每天在艾斯贝兰莎的奶粉盒里加一粒药。卡蒂拉建议她使用安全套,防止感染艾滋病病毒,所以我常给她避孕套和其他东西。我不想你认为我鼓励她发生性关系。

若泽法妈妈说,艾斯贝兰莎是个漂亮姑娘,如果找到一个年纪大的男人,就可以离开贫民窟。我不赞同。我不让她穿紧身衣,只让她穿常服。即便如此,她也引起了别人的注意。

卡蒂拉鼓励我阅读，多学习知识，不要只描眼画眉。她还说我要先武装好自己，之后再去找丈夫、生孩子。这些话我都告诉了艾斯贝兰莎。我觉得她听进去了，她上学、上教堂，不参加村子里女孩们组织的狂欢派对。她说自己的初吻还在，我不相信。她很聪明。上帝保佑！希望今年年底艾斯贝兰莎可以到洛美娜夫人的面包店里上班。

艾斯贝兰莎会算账，能讲一些我们听不懂的话。如果洛美娜夫人家里剩余一些清洁玻璃的报纸，我会请求她让我带回家，送给艾斯贝兰莎阅读。有时，她还会读到其他新知识，或者在报纸上找到我名字的字母。

表妹基尼尼亚住在我家前面，每天很早就出门卖货，早上六点步行去买孩子们吃的食物，星期天才能休息。她没有办法照看孩子时，会把他们送到我家，我们从未让孩子饿哭过。至于其他事情，她只能靠自己，没有人可以帮她。

即便如此，木薯糊糊也难以填饱我们的肚子。洛美娜夫人给我们提供午餐，但我总是把午餐带回家给妹妹艾斯贝兰莎，我和妈妈两个人吃一份。

他们对待贫民窟的方式让我感到反感。那里不是人为的垃圾场。他们无视我们，说我们身上异味重，居住条件差，我们说错话也会遭到他们的嘲笑。以前我总是哭，现在已经不再流泪了。

上个星期，我们回到桑比赞卡村。我依旧疲惫，对生活感到厌倦，甚至头皮都在痛。我不能再忍受更多的痛苦、难闻的狐臭、震耳欲聋的低音炮、颠簸的道路，我只想逃离那里。一个戴着假发的中年妇女坐在凉爽的空调车里，车子差点撞到了一个孩子。

我注意到，她打开车窗，向一个男孩购买爆米花，并与一旁的司机一起取笑我们。在关上车窗时，她叫我们猴子，我从她的口型中读到了"一群猴子"。

我举起手，向她竖起中指，恶狠狠地看着她的脸。需要一个钩子才能封上这个中年妇女的嘴巴。

在大巴上，我们都笑了。回来的路上，我变成了肥皂剧的女明星，大家都在为我鼓掌，售票员还特意给了我回程的半价票。我很高兴。不过若泽法妈妈不喜欢我像没教养的人一样对汽车里的人"没礼貌"。

我喜欢那个孩子。他陷入了困难，只是他不承认。他总是对其他人说"滚开""我先走""我会赢""你们不要阻止我""不要碰我"。

那里的交通很拥堵。所有人都在进行同一场比赛，有同一种需求、同一个意愿，同在一条路上。你是否有钱、有大车，这些都不重要，身边的每个人都一样。

每个人都需要开拓自己的道路，谁也帮不了谁。

巴士司机生活不易，不敢希望别人优先照顾他。这很可怕，但我喜欢这个职业。有一个巴士司机被我们称为"超人"，他会飞。汽车飞驰而过，后面所有车辆都在按喇叭。他睁大眼睛，毫无惧色，他必须带着侵略性生存下去。问题是遇到警察很麻烦。

"超人"也有停下来的时候。

新闻开始播报。男性播音员的声音贯穿整个城市。现在播报重要的消息，罗安达将举行会议，记者报道："两百五十名代表齐聚，选举党的新任领导人。安哥拉联盟会让每一个安哥拉人变得更强大。"

卡贝图拉转动收音机的调频按钮。他遇到很多事，也听到过许多承诺，认为最好的事情就是等待，不要抱任何希望。孩子们在海边尽情玩耍，这已经足够幸福。他喜欢看阳光反射在他们的皮肤上。有色和无色的皮肤，是同一片土地上的兄弟之间产生仇恨和报复的理由。"呀！黑色和白色不会产生棕色。混合之后会成彩色。"当谈起混血人、黑人、白人时，他会这样开玩笑说。

卡贝图拉想为国家带来面包与和平。他抱怨播音员和国家政策，感觉自己累了，心也累了。

举个例子：有两个上午，罗安达一直在下雨。在雨水坑里，孩子们赤着脚戏水，卡贝图拉师傅看到了自己扭曲的灵魂。他起初质疑，但随后选择了"相信"。他在胸前画了个十字，亲吻了手指，要求团结。

洛美娜同样讨厌战争。

所有安哥拉人都在呐喊："该死的战争，结束吧！"卡贝图拉师傅强调说："大地都累了。"还有人记得诗人阿戈斯蒂纽·内图的诗：

饥饿口渴的孩子们，

带着羞愧叫你一声妈。

卡贝图拉的背影透露着内战的疲惫。洛美娜在黑夜里惊醒，决定坐起来。她想吃东西，翻找着从婚宴上带回来的食物。她打开其中一个袋子，是香蕉蛋糕。她更喜欢吃咸的食物，于是继续逐个打开。她到厨房里开了一罐沙丁鱼罐头或其他罐头，但"不想吃"，拒绝。她讨厌在战争年代吃的罐装食品。

当时实行配给制，持黄卡的人可以获得生活必需品，但这并不能解决任何人的饥饿问题。她的运气来自死去的圭圭，她的丈夫，女儿们的父亲。圭圭作为公司领导，可以分到大米、面粉、油和其他生活必需品。尽管如此，花几个月时间从保加利亚进口香肠罐头和瓶装胡椒粉依旧不容易。她知道自己享有特权，因此从来不会饿着肚子上床睡觉，也不会饿着肚子离开床。圭圭是完全不可替代的。

新闻播报完毕。那个星期天，这座城市没有其他事情发生,它在休息。

黄昏给它带来伤感,矛盾的情绪笼罩着罗安达,它等待着星期一的焦虑和马路上的喧嚣。

马列拉、若泽法和艾斯贝兰莎睡得很早。就寝之前,她们会祈祷,请求上帝赐给她们没有死亡、没有厄运、有很多祝福的一周。

13

第二天上午,我第一个起床。我和洛美娜以及她的两个女儿一起吃早餐,随后拿着将军的名片,等到九点给他办公室打电话。电话一直占线。

在这四天里,我一直在打电话。没有人接听。我早早起床,以减轻脚部的麻木,上厕所、吃饭。从早上九点到下午六点,除了打电话,我什么事都不做。

国家电话网络并不是时刻都在运行,我打电话时,对方的电话要么占线,要么无人接听。我给对方留了几条语音留言,决定第二天去将军的办公室。我需要搭便车,这是一座没有出租车的城市。

我也一直在给弗兰西斯卡姨妈打电话,但我们不聊天。我拨通她的电话,响三声然后挂掉,意思是我一切安好。今天,星期四,她给我回了电话,只有一分钟的交谈。我们相互分享了大约一百三十个词。这次通话大部分时间都处于断线或者信号不佳中。电话挂断,然后又响了。

"下午好,请问是维多利亚女士吗?"

一个略带葡萄牙语口音的男声吓到我了。我沉默了片刻,问是谁在和我说话。

"我是泽·玛利亚,扎卡里亚斯·文杜将军阁下的助理。"

"下午好,抱歉。我是维多利亚。"

"将军现在想见你,你能到这里来吗?"

"可以!你们的具体位置在哪儿?"

"在马尔吉纳尔。安哥拉航空公司旁边的大楼,他们正在修建大门。办公室在二楼。"

我拿起母亲的照片,把它放在钱包里。我给洛美娜留了一张纸条,让她知道我去哪里了,然后健步如飞地跑出门。因为要打开几道门和铁锁,我的速度变慢了。我有些紧张。

下楼梯时,我本想邀请蒂莫特奥先生陪我一起去马尔吉纳尔,但他不在,我只能独自前往。

我找到了那栋大楼,走了上去。楼梯口站着两个曾经在婚礼上出现过的保安,他们拦住了我的去路,让我表明身份,并在此等待。其中一人走进办公室,随手关上了门。几秒钟后,门又开了。泽·玛利亚出现了。

看到这个助理时,我无法掩饰自己的惊讶。他的发型真难看。

客厅的窗户从天花板到地板全被华丽的米色窗帘遮了起来。其中一个窗户附近,有一个瘦弱男人,双手抱头蹲在地板上,一束阳光照在他弯曲的后背。客厅里有一种彩虹般的光芒,让我眼花缭乱。我花了几秒钟才明白,地板上蹲着的并不是真人。他与安东尼奥外公办公室里的雕塑一样瘦小,仔细一看更像我的身材。

墙壁上挂满了画,雕刻的木桩遍布房间各个角落,上面摆放着石膏雕像,仿佛是欧洲博物馆里古老的藏品。这些雕像赤裸着,露出发达的肌肉以及缩小的阴茎,还有几个经典的半身像复制品。

铺着绿色天鹅绒的绿色大沙发对面,有一张长桌,桌上放着将军出席社会活动和参与政治事件的照片。这是将军丰功伟绩的展示台。

走廊的尽头传来了说话声和大笑声。泽·玛利亚了解情况后,径直朝声音的方向走去。好奇心让我紧紧地跟着他,我没有让他注意到我,偷偷地观察着。

为了更好地理解,我想象这里是赛普利亚女神创造的爱情之岛。房间里烟雾缭绕,四个男人围着一张桌子坐着,松开的领带凌乱地挂在胸前。烟灰缸满了,矿泉水瓶空了,西服搭在椅背上。他们可能是企业家或者政治家,我不知道他们的身份。可以肯定的是,我不会在大马路上遇到他们。当然,他们都有司机或者助理。房间里还有几个女人,都裸露着胸脯。楚楚动人的中年妇女们像希腊的欢愉女神赫多涅一样,不停地拍打着翅膀。诗人写过"在美丽的岛屿有欢愉之乐"。如果不算冒犯的话,我会这样记录:"在罗安达的马尔吉纳尔,有欢愉之乐"。

"我不是让你在客厅等着吗?你怎么跟在我身后?"泽·玛利亚发现我越过他的肩膀在偷窥。

很快,他挡住我的视线,砰地关上了门。

"对不起,我不是故意的……"我低下头,试图露出抱歉的表情。

"没事儿!这也不是你的错。我们要避免给自己惹麻烦。"泽·玛利亚建议,他紧张地把遮挡住一只眼睛的头发拨开。

"你说得对。"我回答。

"请不要离开客厅。"

"我就在这里等。"

"我去看一下将军是否可以接待你。刚刚发生的事情,我建议你什么都不要和他讲。"

"不用担心。"

我还没来得及坐下来,泽·玛利亚就过来找我了。他把我带到走廊的另一端。一到那里,门就开了,我们走进一个小厅，里面有一个秘书拿着电话和一些纸张。我们继续向前走，又走了三米左右，最后停在一扇门前。

泽·玛丽亚双手握紧锁头，转了两下，轻轻地推开房门，看了一下。我这次不敢再偷看了，而是保持安静。最后，门完全打开了。泽·玛利亚给我让出道路，用手示意我进去。走进去关门的那一刻，我感受到后背有一阵凉风吹过，不需要回头便知道他没有跟进来。

将军身上的香水味弥漫了整个房间，让人难以忍受。木头和东方香水的味道粘在我的皮肤和鼻孔里，这是一种让我无法理解的香味，我无法摆脱。

将军头顶的墙上挂着总统的相片，办公桌旁，摆放着国旗和执政党的党旗。将军没有看我，背对着总统的相片不停地寻找着什么。他签署了文件，并把它放在左边的一堆文件上。

"对不起，打扰您了。"我打断了他的工作。

最终，将军决定放弃工作。像什么事情都没有发生一样，他热情地笑着，殷勤地跟我打招呼。

起初，我们一番闲聊，紧张的情绪让我无法把聊天的内容保留在记忆中，我甚至听不到他的声音。

我不想再浪费时间，决定打断他的长篇大论：

"您知道我此行的目的。您觉得可以帮助我找到她吗？"我一边问一边从钱包里拿出相片给他看。

"我太太把你的事情告诉我了,并让我接待你。"将军用公事公办、干巴巴的语气说道。

我很快就意识到自己做错了,急忙把话绕回去:

"我真没有礼貌!都是因为我太紧张了。艾米莉亚阿姨还好吗?"

"她在家照顾孙子们,他们已经工作了。"

"您在婚礼上的诗歌朗诵太完美了。"我赞扬说。

"哦!谢谢,请不要这样说,我会感到难为情的。"

"您是一位很有才华的男人。"

"你喜欢,对吗?"

"我喜欢诗歌。"我补充道,同时把母亲的相片装进钱包。

"请跟我到这里来。"

将军起身来到一个书柜前,那里摆着一些书籍。这是为他量身定做的书柜。书架始于他的腹部上方,结束于他头顶五十厘米的地方,他因此可以最小幅度地伸展身体,而不用弯腰低头。将军用中指在书脊上画出一条看不见的直线,手指会停在一些书名上。他继续浏览寻找,直到找到他要的东西为止。

"艾米莉亚告诉我,你是图书管理员……"

"对,我是。"我回答,心里奇怪他为什么会知道这些。

"你也喜欢诗吗？"

"喜欢。"

"你看这本书！"说着，他再三确认书脊处，"我邀请你与我一起参加诗歌朗诵会，咱们一起朗诵两首诗……你来选。"说着，他递给我一本《巴西当代诗歌选集》。

我很惊讶，小心翼翼地说：

"什么时候？"

"两周后。我一会儿要接待后面的重要客人。关于诗歌朗诵会，我们以后可以慢慢聊。"

我对此并不期待。将军是个自大的人，但并不傻。这是我总结出来的两点看法。

"你要喝茶、果汁，还是水？"

"水。"

"请坐吧，告诉我怎么帮助你。"他拿起笔记本准备记录。

我坐下来，继续说：

"我母亲曾经是一名战士。二十世纪六十年代末以来，我的家人就再也没有她的消息了。"

"很多同志为国家而战，其中也有许多女英雄。我认识你母亲吗？"

"我觉得认识。伊撒尔蒂娜姨妈告诉了我您的名字,她说您可以帮我。"

"我的名字?"他奇怪地质疑道,"伊撒尔蒂娜的全名是什么?"

"伊撒尔蒂娜·格鲁斯·达丰塞卡。她住在葡萄牙。"

"对不起,年轻人。我不认识你的姨妈。"

"您不认识?那您认识我母亲吗?"

"年轻人,你还没有告诉我你母亲的名字。"

"对不起。她叫罗莎·希图拉·格鲁斯·达丰塞卡。这里有她的照片。"

将军把母亲的照片放在办公桌上,停下来看了几秒。他让我再说一遍母亲的名字,我照做了。将军又站着看了几秒,然后站起身去倒威士忌。

"您认识她吗?"我不耐烦地问。

"我一下子想不起来。"他表示抱歉,"你可以到外面的客厅先等一会儿吗?我在等一个国际长途电话。我一会儿再跟你聊。"

将军叫泽·玛利亚进来。他很快便出现了,把我带回了主厅。

我独自待着。透过客厅的窗户,可以看到夜幕已经降临在罗安达海湾上空。在我看来,走廊尽头客厅里的交谈已经结束。

十分钟过后,泽·玛利亚出来开灯。

"你还好吗？我觉得你在担心什么。"

"天色已晚，我准备走回家。"

"不用担心，我会送你的。"

将军来到客厅，显然心烦意乱。他为让我久等感到抱歉，还补充说国际长途电话会议比预计的时间要长。他让我第二天再来。

"年轻人，我能复印一张你母亲的照片吗？"

"可以。"我把照片交给将军，他把它递给泽·玛利亚。

"你可以告诉我更多的细节吗？"

"外公外婆最后一次见到她是在万博，当时她和另一个士兵儒丽亚娜·迪然巴在一起。"

将军站着抚摸着自己的山羊胡，然后走到窗边，背对着我问：

"你能把那个女士的联系方式给我吗？"

"我没有她的联系方式。我也在找她。"

他迅速转过身，说：

"如果找到她，请立即通知我。明白吗？为了帮助你，我需要了解更多的细节。"

泽·玛利亚回来把照片还给我，然后把复印件交给将军。

我拿着书站起来。将军看着我和手中的复印件，若有所思。他可能觉得我长得不像自己的母亲。

我拉开洛美娜公寓的钢筋防盗门。开门的那一刻，卡蒂拉在门内大声尖叫起来：

"妈妈，是她！她毫发无损。"

洛美娜气喘吁吁地说：

"进来吧。真是天大的误会。"

"扎卡里亚斯·文杜将军约我见面。一切都挺好。"我向她们保证，并问到底发生了什么事。洛美娜让我进来，并让我告诉她我和将军的谈话内容。

晚餐已经准备完毕，洛美娜让我坐在四方桌子的一角。我详细讲述了与将军会面的细节。尽管我有意隐藏自己看到的不雅画面，但还是不知不觉地说了出来。

卡蒂拉和纳蒂亚以二重奏的方式取笑我。在嘘声中，她们暗示将军想骑在我身上。洛美娜责骂她们，警告她们在家里不许没有礼貌。

责怪并没有让卡蒂拉和纳蒂亚保持安静，她们一直在嘲笑我，暗示将军是个性无能。

"你们不要胡说八道。"洛美娜说，她举起手在空中拍打一下，随后将两只紧握的手放在桌子上。

卡蒂拉吓得闭上了嘴。

"今天，你的弗兰西斯卡姨妈来电话了。伊撒尔蒂娜姨妈从未与将军本人说过话，她是从报纸上得知扎卡里亚斯·文杜将军的名字的。"洛美娜解释。

"现在我们做什么呢？"

"吃晚饭。"

"将军的事情呢？"

"我睡觉也会忘记这件事，明天再说吧。快吃饭，我可不想错过电视剧。"

"格拉博还是维多利亚主演的电视剧？"卡蒂拉用轻蔑的语气说。

追剧是在幻想的社会里追逐现实生活，我喜欢这样。在洛美娜家里，生活还算惬意。大家会激动地讨论剧情，洛美娜、卡蒂拉和纳蒂亚一旦被故事吸引，看到喜欢的剧情便会欢呼雀跃，看到坏人会暴跳如雷。

在电视剧《恋爱中的女人们》中，卡蒂拉和纳蒂亚支持女主角卢西亚娜与表哥谈恋爱。洛美娜因这部剧而热恋女人，对电视剧的热情只有在克拉拉和拉斐拉两个女人亲吻时才会出现。

"你们在哪里可以看到两个女人做这种事？她们是女人的榜样！她们摆脱了电视剧的俗套。"洛美娜激动地说。

我没有发表评论。

"遗传基因"侵入克拉拉和拉斐拉的嘴唇。大家坐在沙发上休息，我趁机回到房间，仰面躺在床上，想着卡塔丽娜。我不后悔没有告诉她我没有结婚就来了罗安达。我并不仅是在逃避婚姻。抛弃不是同情，而是自私。我在没有通知她的情况下离开了她。

对她来说，那是一个下午，在文达杜皮内罗租赁的一间小公寓里，三十平方米的简单的白色公寓。大房子更适合那些想躲避烦恼的人，小空间则适合那些想拥抱他们所爱之人的人。床垫足够大，上面盖着一张床单和一条便宜的羽绒被。冬天，公寓里十分寒冷，夏天又热似火炉。我们一直关着百叶窗，只留一盏小灯或者蜡烛照亮那些隐秘的时刻。屋顶的灯早就坏了，没有人去更换它们。换灯并不是我们的首要任务。

床垫是我们见面时世界的中心。我们在上面做的事情，外界不得而知。床垫的左边放着一个三角洲牌的咖啡杯，它已经变成烟灰缸。烟灰总是散落在各处，我一直觉得这很恶心。此外，卡塔丽娜还有一个坏习惯，她会把口香糖做成一个圆球，并把它粘在"三角洲"（Delta）一词中间的三个字母上。

我问她为什么嚼口香糖，她回答说是我们在一起时的提醒。我不明白，让她解释清楚。

"如果今天我把自己奉献出去，明天就会心痛。你看到了吧？你好好看'三角洲'这个词。"她指着咖啡杯。

我终于明白了她想向我解释什么："三角洲"

（Delta）变成"奉献"（Doa），她用口香糖圆球把三角洲中间的字母覆盖住，虽然做法很愚蠢，但我喜欢。

那是我们最后一次见面，一个炎热的傍晚。我们没有打开房间窗户，我不记得为什么了，也许是因为大街上的噪声。也许吧。我和卡塔丽娜的双手再次握在一起。一切都那么安静，好像我们两个人在一起就拥有了整个世界。

14

正如洛美娜所说,她睡觉时都在想事情。她强调事情都压在自己的左肩上,因此脖子的一侧会痛。洛美娜的总结很简单:任何事情都有解决方法。喝红茶时,她以极大的信念说出了这句话。

尽管如此,疑问仍然笼罩着我,我问她:

"将军能帮我发现线索吗?"

"他能发现什么?我不会去问他。你呢?"

"我不知道。"

"他可以帮你打开所有的信息渠道。"

"你说的是真的吗?"

"毋庸置疑!用诗歌去征服他吧!"

洛美娜说得有道理。我替将军宣扬他诗意的一面,他则帮我寻找母亲。

一个星期六上午,洛美娜兴奋地来到女儿们的房间,把我们三个人叫起来。上午十点半,若泽法和马列拉还没有来上班，因此当我们睡意蒙眬，揉着眼睛从床上跳下来时，洛美娜一直在抱怨：在她需要佣人的时候，她们没来上班。

需要打扫屋子，准备午餐。

洛美娜分配完任务之后，告诉我们去外面吃午餐。午餐是商务聚会。一个葡萄牙人准备在安哥拉开一家建筑公司，洛美娜和尼诺表哥将以本地合伙人的方式加入。

她告诉我们要主动和葡萄牙人打招呼，然后立即离开。她不希望家里烦人的孩子们破坏她的生意。她说话时，看着正要被自己激怒的卡蒂拉，后者觉得在自由的世界里应该自由地交谈。洛美娜回答说，当她还在为这个家买单时，家中便存在独裁、秩序和服从。

纳蒂亚及时进行了干预，她心里很清楚，现在不是进行辩论的时候。她回忆起自己曾被母亲驱逐出家门，不得不为在岛上吃饭时的"小费"发愁。

商务聚餐结束。

沿着海岸和道路，有专供精英和外籍人士就餐的餐厅。海边第二排和另一侧，是专为来自世界其他地方的人设立的，那里的街道是他们生活、工作和娱乐的地方。即便如此，"世界其他地方的人"只能在规定的区域内活动。

洛美娜这样的女人经常去海边。餐馆里人声鼎沸，座无虚席。

"你觉得这里不是安哥拉,对吗?"纳蒂亚问我。

"你肯定觉得自己不在安哥拉。"卡蒂拉嘲笑着替我回答。

餐馆前和沙滩上,有一些慵懒的保安在看守太阳椅,他们要确保任何在这里用餐的人都不会被抢劫,这里与世界的其他角落存在很大的差异。他们的安全措施失败了。一个孩子,即便他不是从餐馆的入口这里,也没有从海上抵达,似乎还可以从天而降,然后出现在贵宾客人的遮阳伞旁。那些孩子会伸出手,拍拍肚子向你要钱。一个员工递给他一个三明治,然后在保安的帮助下把他赶走。那天下午,我们剩下的时间就是在喧闹中度过的。

星期一早上,若泽法和马列拉母女来上班时已经七点半了。听到钥匙和转动门锁的声音,洛美娜试图站起来,但最后放弃了,继续坐在餐桌旁和我们一起吃早餐。看到她们两个人安然无恙,洛美娜脸色阴沉。若泽法和马列拉开始解释:

"昨天在小公共汽车上发生了抢劫。劫匪把我们丢在路上了。"若泽法解释说。

"城里现在还有这种事吗?"洛美娜想继续听他们解释。

"我们没有办法来上班。"

"在哪里发生的抢劫?"

卡蒂拉趁机坐在电话旁的沙发上,她要打电话叫尼诺表哥起床。现在是解决国家问题的时候,不能再睡了。洛美娜要求女儿不要"无事生非",别打扰尼诺休息,这样白天工作才不会走神。女儿对母亲的话充耳不闻,依旧我行我素。洛美娜拿着脱掉的拖鞋威胁她。

"在桑比赞卡附近。"马列拉继续说。

"现在真的这样。每到月底,在小公交车上便会发生抢劫案件。"若泽法说。

"国家越来越差了,"洛美娜提醒说,"你们继续说,后来……发生什么事了?"

"他们对我们所有人一顿抽打。"马列拉害怕地边说边比画。

"说说,为什么要打你们?"洛美娜问。

"在公交车上他们拿出武器,把我们带下车,让所有人排成一队,然后逐个搜查钱包。我们没有东西可以给劫匪,他们很生气,认为我们在欺骗他们。谁没有值钱的东西谁就要挨打。"

"劫匪没有打我,说我是个没用的老太婆。他们让年轻的小姑娘亲吻他们的嘴。"若泽法说。

"你亲了吗?"我很好奇。

"我也亲了他们，像这样。"马列拉模仿其他年轻女孩亲吻劫匪的动作。

"否则，他们就不会把身份证件归还给她们。前几天，我的一个朋友穿着一双漂亮的凉鞋，同样在公交车上遇上了抢劫。其中一个劫匪看到她漂亮的鞋子，威胁她把鞋子脱下来，打算把它作为礼物送给妻子。不管怎样，她还要回家……最后只能光着脚走回去。"

"我发誓，面对劫匪时，我不知道该哭还是该笑，"洛美娜用手捂着脑袋，哀叹道，"当他们在这里抢劫时，"她看了看纳蒂亚，"我不得不打电话给她……"

"你给她打电话？"我不想推测，决定问清楚。

"手机被劫匪抢走，估计现在还在他们手里。"纳蒂亚说，示意母亲继续聊天。

"我请求劫匪们把电话卡归还给我，我需要这个电话号码才能工作。如果他们再次抢劫，我会用两千宽扎①来换我的电话卡。"

"我不明白。劫匪抢劫了你们之后，又把你们放走了？"我惊呆了，向她们要一个合理的解释。

卡蒂拉一直在给尼诺打电话，但没有接通。她放下听筒向我解释说：

---

① 宽扎，安哥拉货币名，2000宽扎约等于20人民币。

"在这里,他们都是团伙作案。你还不明白吗?"

"一切都有可能,"她低声说,"一帮没用的家伙。"接着又继续拨打电话。

"你们没有报警吗?"我问。

"报警有什么用?先把他们抓起来,然后再放掉。有一次,埃德松和纳蒂亚便去玛丽娅·比亚医院附近找电话卡。"

"唉!现在还能做什么?"若泽法最后说。她们去换衣服时,我们继续吃早餐。

"倒霉啊,尼诺表哥。若泽法和马列拉母女被……"卡蒂拉被拖鞋狠狠地砸中脑袋,手中的电话也掉落在地。尽管我们都感到震惊和害怕,纳蒂亚和我还是忍不住笑了起来。卡蒂拉愤愤不平地抱怨,洛美娜用严厉的目光看着她,并以耶稣的名义威胁道:如果卡蒂拉胆敢说出"家暴"这个词或嘟嘟囔囔地埋怨,一定让她吃顿烧火棍。卡蒂拉默默地闭上嘴巴,然而,一听到母亲上楼的声音,她就控制不住小声模仿着小鸡"叽叽叽"的声音。

午饭之后,按照约定,我到将军的办公室与他分享我选择的诗歌。我们花了整整两个小时才把诗歌排练完。诗歌朗诵会的第一次预演安排在第二天。

"你想妈妈吗?"他问我。

将军向我道歉,但直到那时,他还不知道党派机构中谁能帮我找到母亲。他承诺会搜集所有材料,突然,他似乎找到了最佳选择——妇联组织。

诗歌朗诵结束之后,他问我对罗安达的第一印象如何。我试着保持友好,告诉他我觉得海湾非常漂亮,也很喜欢这里的人。我还说,我饱含着激情,看着飞机飞过城市上空,机门打开的那一刻,我看到红色的土地,感受到了炙热的空气。我当然没有忘记"赞美"城市里的女商贩们——她们被叫作街头小贩——头上顶着商品四处兜售。我不想让他觉得我在拍马屁,所以也说到城里物价高昂、交通混乱。总之,我把游客第一次到罗安达时的陈词滥调都"摆在台面上"了。

"年轻人,"他告诉我,特别强调他正在和一个没有生活经验的人在交谈,"罗安达像一个复杂的女人。你不要误解我说的形容词,尽管这听起来有些不礼貌。"

"我与你心目中的女人相差甚远。很多人都认为女人很复杂。"我讽刺道。

"我说的并不是那个意思。年轻人,你过来。我给你看一样东西。"

我跟着将军来到客厅,走到窗边,和他并肩站着。他即使穿着带跟的鞋,依旧比我矮。

将军用双手抚着胡子,我不明白他在想什么,只能等他接下来的举动。我觉得他的这个动作滑稽可笑,和他在婚礼上寻找、观察喜欢的女人的动作一样。

他看着前方，说：

"她是一个复杂的女人，我永远都不会忘记。无论如何，我都想回到她的身边。"

我想起了卡塔丽娜。

他问我是否听明白了他说的意思，我觉得最好用模棱两可的语气回答：

"大概听懂了。"

他看了一下时间，然后叫泽·玛利亚过来。

"你带这位年轻人到福尔塔雷萨城堡转一转。我建议维多利亚在那里看日落。"

与此同时，他让泽·玛利亚担任我的司机和向导，交代要保证这个"年轻人"的安全——在这个前提下，让我"去认识罗安达，玩得开心，且不用走路"。

我们登上了福尔塔雷萨城堡，日落前开始往下走。泽·玛利亚不想念里斯本，也不思念葡萄牙，他喜欢罗安达，"如果一切顺利"，他想在这里再待很多年。他告诉我，他喜欢混乱的自由，喜欢没有太多规则的生活，觉得欧洲的首都太没有新意了。"总是在固定的时间发生固定的事情，千篇一律。"罗安达不成熟、很生硬，但却很真实。

"里斯本、马德里、巴黎、伦敦，它们都已经成熟了。你明白吗？"

"解释给我听听。"

"那里已经饱和了。你或多或少可以从那里获取生活指导，过上有保障的生活。但在这里不是，在这里的每一天，你都要用脑子去想。醒来之后，你甚至无法预测自己的日子会怎么样，也不知道会遇到谁。你听到的只是一些废话……"

"对我来说，这里的一切都太刺激了。你来这里多久了？"

"六年。"

"你不厌倦这里的生活吗？这里总是缺这少那的，交通差，贫穷。你不想过更安宁的生活吗？"

"想过，也离开过两次。我还以为自己不能再忍受下去了。最近一次，一帮匪徒拿着枪对着我的脑袋。我收拾好行李就回了葡萄牙。我都快要死了……"

"他们朝你开枪了？"

"没有。他们的子弹甚至没有上膛。"泽·玛利亚笑个不停。

"你真的快要死了？"

我试图打断他的笑声，他一会儿说是，一会儿说不是，让我一头雾水。

终于，他停下来，点上一根香烟，回答说：

"我没有死在里斯本,但可能会死于无聊。"

"我懂了。罗安达像一个不能忘记的复杂女人,对不对?无论如何,你总是想回来。"

"我喜欢上这个年轻女人了。"

泽·玛利亚对我眨眨眼。他知道那是谁的台词吗?

15

将军很快帮我加入了妇联。他说没有办法让我去查党员的档案,因为手续过于复杂,还需要很多部门的审批和授权。他认为最简单有效的方式,就是从妇联总部的文档查起。搜索是最好的办法,他让我耐心等待:

"别着急,慢慢来,在这里没有什么紧急的事情,只要不超过十五天都可以。年轻人,要有耐心。没必要这么紧张,一切都会解决的。"

七月份,我把自己所有的时间都用在妇联、将军的办公室以及诗歌朗诵会上。将军很满意我们的第一次预演,因此在他作为主要嘉宾出席的公开场合,他都会把我介绍给宾客。拍马屁者会假装自己被将军的诗艺吸引。我不为所动,一切都像是一场大秀。那些日子非常劳累,我祈祷奇迹的出现。

"祸兮福所倚",将军的嗓子出问题了,诗歌朗诵会被无限期停办,但另一句俗语也十分恰当:"没有坏事永远存在,也没有好事不会结束。"失声后,他开始用手写,我要审核他所写的诗歌文稿。

将军的友善和涵养极具感染力,但他所有的优点都难以掩盖他身上散发的困扰我的香水味。有几次,他站着直勾勾地看着我。他在观察我,好像在对我进行审查,或者在我身体里观察着另一个人。同时,我也很困惑,他总是害怕有人会谋杀他,因此制定了一套公共场合饮食规则。我想知道他在战争期间做过什么,或者现在在商海中又经历了什么。泽·玛利亚告诉我,我应该放轻松一些,城市里关于将军的传闻都是谣言。

在妇联,我有权翻看机密文件,虽然没有直接受到妇联工作人员的质疑,但他们的眼神掩盖不住他们的愤慨。

在阴暗、不通风的房间里,我一箱箱地翻看着档案。房间里的空气不流通,我不停地流汗。有几次我都想放弃,但咬咬牙又坚持了下来。我像档案照片上的女战士一样坚持下来,那些女兵的面容里透着刚强,她们当中有黑人,有混血儿,也有白人。

其中一些人的眼睛看起来非常茫然,另一些人则仿佛肩上扛着责任,笔直的身体展示出强烈的责任感。她们的嘴总是闭着,像是用剑麻绳缝起来的一样。女战士们没有被压垮,更没有抱怨自己身为女人。在某些文件中,有一些孩子的出生证明。我想象她们背着孩子,拿起武器，就像我母亲那样。

有一些档案夹的封皮上写着"已故"二字，所画的拳头像流着鲜血的伤口。时间把一切都变成了伤疤，坏掉的照片好像树叶上的灰尘，根深蒂固。我想知道是否有人出席了她们的葬礼，或者她们的墓志铭上写了什么。跑题了。我尽量避免害怕，让自己觉得能找到带有母亲名字的档案夹。

最近一段时间，我每天都能见到泽·玛利亚，我们渐渐成了朋友。很快，在洛美娜的同意下，他开始时不时来家里坐坐，洛美娜相信自己能把将军的秘书当作她的新"外甥"，这样就可以与将军建立亲密的关系。和我们一起到酷卡吃晚餐，已成为泽·玛利亚的日常。

对于洛美娜来说，"小杯子里取萝卜"①是不可能完成的任务，因为泽·玛利亚从来不谈工作。如果洛美娜直接问关于将军的事，他总是含糊其辞，而他说话从不拖泥带水。如果他想说，总是有机会的。

洛美娜喜欢炫耀将军的助理经常到她家里做客这件事。与某些人聊天时，她喜欢表现得跟将军很亲近。将军名叫扎卡里亚斯·文杜，她却将它简称为扎卡斯。泽·玛利亚也失去了名字，在洛美娜那里成了"扎卡斯

---

① 安哥拉谚语，意思是"打听他人的内幕和私密信息"。

的助理,我的葡萄牙外甥"。

洛美娜并不觉得难为情,她在所有的聚会场合都这么说。人们喜欢表现出与政府要人,尤其是与党派主席及其家人的亲密关系——至于是真是假,这并不重要。

在葡萄牙,六月、七月、八月是放假、聚会和朝圣的月份。泽·玛利亚告诉我,在罗安达——尽管它不能代表整个国家——却不是这样。每年的那个时候,这里没有什么事情可做。在城里工作的外国人会回到自己的国家度假。其结果是,非政府组织和石油公司人员的聚会急剧下降。泽·玛利亚说,在旱季里,除了死亡,别无选择,周六的午饭在一些阿姨家里吃,然后在"这里或者那里"的后院举办聚会。

他告诉我,他并不是在抱怨。他明白一切,这对他来说甚至是一件好事,因为城里男性的竞争对手会更少。他吹嘘自己认识罗安达所有的漂亮女人,他不认识的人也都认识他。我总是看到他和其他女人行贴面礼,送她们电话充值卡。他不对任何人许诺,显然,他是单身,但无法证明。

在妇联,单调的节奏偶尔会被一个西班牙女人打破。据我了解,她一直试图与妇联的负责人见面。负责人很忙,西班牙女人没有受到接待。妇联给的借口总是一样的:"等等,领导在开会。""她已经走了,不一定能赶回来。""明天再来见她吧。""领导今天没有来。"

当听到那些令人沮丧的信息时,我知道西班牙女人仍在接待处。这件事发生时,我一直在窥视。

有一次,西班牙女人用手比画并大声说话时,接待员沉默了,她皱起眉头,双眼眼皮略微抬起。西班牙女人衣衫凌乱,好像刚参加完一场搏斗,花衬衫下,下垂的乳房不停地晃动。我觉得自己像一辆卡车,停在她焦糖杏仁色的胸部。我站在那儿,听着她激昂的言辞,看着她的手臂和肩膀在不停地舞动。

西班牙女人名叫热奥尔吉娜,她野蛮和断断续续的动作像煽动情欲的色情舞蹈。没有人会忽视她,包括我。她是最能等待的女人之一,直至等到她想要的东西。第二天,她使用了新的策略。当我到达妇联的时候,她已经在那里了。我看到她坐在凳子上写东西,这意味着她没有见到领导是不会离开这里的,接待员也明白这一点。那天是星期五,接待员累了,想早点回家休息,因此决定解决问题,不让事情复杂化。我走了进去,没有向任何人问好。

当我离开的时候,西班牙女人已经不在那里了。我想她应该是放弃了,却在门口遇到她,她好像在等什么人。当时,我在等泽·玛利亚来接我,于是决定和她聊聊。我问她是否已经和领导谈过话,她松了一口气,说谈过了。她在做一项关于安哥拉农村妇女的社会学研究,此次是工作出差,但八月底要回去。她问能否搭我的便车去回归线宾馆。

很难说服泽·玛利亚捎热奥尔吉娜到宾馆。他不停地用手拂过遮挡住眼睛的刘海,坚持说要先去伊利亚岛上喝杯凯匹林纳鸡尾酒。

热奥尔吉娜拒绝了,她没有时间。

我和她交换了电话号码,承诺以后会保持联系。热奥尔吉娜还未进入宾馆,泽·玛利亚就开始骂起来:

"妈的,看她的那对大乳房!"我还没来得及开口,他又说,"抱歉,是我失态了。"

"我不会原谅你的。"

"你有她的电话号码?"

"我不会原谅你的。"我假装很生气。

"好了……快把电话号码给我。"

"你会给我电话充值卡吗?"我逗他。

泽·玛利亚打开副驾驶储物箱,从里面拿出一沓电话充值卡,说:

"拿着,全都给你。"

我们笑了,笑得眼泪都流出来了,肚子也笑疼了。

16

正如泽·玛利亚所说的那样,节日派对就像葬礼,没有办法避开。每个星期,洛美娜都会收到同事的叔叔去世、认识的表哥或者某个邻居的亲属去世的讣告。丈夫去世后,她便独自和两个女儿一起生活。

更正一下,洛美娜并不是独自一人。在圭圭去世的那一刻起,罗安达就在她的身边。

纳蒂亚和卡蒂拉抱怨老是要参加葬礼,但洛美娜却很坚决。

"谁都不能留在家里,大家都要去,"她还提醒说,"放弃你们的时尚装扮,穿上传统的丧服。"

我会陪她们一起去。

通常,洛美娜需要一两天时间帮助亲属安排葬礼。卡蒂拉对母亲抱怨,说政府应该尽快终止那些繁重的工作。她接下来要说的事情我已经说过——打电话给她表哥,批评执政党。洛美娜生气了,因为卡蒂拉根本不懂政治。卡蒂拉闭上了嘴……默默地看着。

葬礼过后,人们开始吃喝。最重要的是不要忘记收拾现场。一些熟人会帮忙整理椅子、桌子、垫子和多余的桌布,家人和朋友会日夜在逝者的家里为他祈祷。

报纸上刊登了逝者的讣告。尽管版面有限,但洛美娜在报社有熟人,总能帮助安排在讣告栏上刊登信息。

在现实生活中,仿佛只有死亡可以做到!那些有钱但没有身份或者知识的人,他们的讣告不会出现在报纸上。

我们从洛美娜家里出来,带着装满食物的锅,用报纸包好。卡蒂拉向我解释说,这样食物就不会凉掉。

葬礼的形式是固定的。我们小心翼翼地走进去,把锅放在厨房里,然后排队逐一慰问逝者的家属,每个到场哀悼的人都会得到一个亲吻。

塞莱斯特有时也会参加,她是社交大师。站在她身边是为了了解信息,否则我会逃避家庭和所有的社会团体。

有一次,遗孀带着孩子趴在棺材旁边。这时,门口出现一个年轻女子,怀中抱着刚刚出生的婴儿。她好像穿着"盔甲",由两个男人和一个看起来像是她母亲的女人搀扶进来,因为她们长相相似。面对棺材时,她把襁褓中的婴儿递给母亲,然后不停地哭泣,将双手伸向逝者的脸颊。

在窃窃私语中，人们相互交换目光，在场的人都不知道这个年轻的女子是谁。她趴在逝者身上，撕心裂肺地哭泣。这个情况令人起疑。很快，塞莱斯特告诉我们，即将有麻烦事发生。我们开始关注事态的进展。

担心在场的人会质疑该年轻女子的身份，陪伴女子来的其中一名男子——她的叔叔——从口袋里掏出一张死者的照片，问大厅里谁是死者的兄弟。站在后排的某个人踮起脚尖，想看清楚到底发生了什么，然后表明了自己的身份。

塞莱斯特认识照片上的人，告诉我们说，"照片中，死者正在和女人亲吻"，并补充说是"嘴对嘴"。襁褓中的婴儿是两人的孩子。

然而，这个年轻女子的行为，瞬间在无人主事的大厅里引起集体震动，祈祷声、哭声、交谈声弥漫在空中。大家都把注意力集中在身穿连体裤的年轻女子身上，她的年龄仿佛还不能合法进入迪斯科舞厅。

随时有可能发生冲突，但遗孀意识到浪漫之争是徒劳的，她完美地表现出自己的社交能力，甚至还走上前去看了孩子一眼。大家都不敢相信眼前的这一幕，但却发生了。遗孀回到自己位置时，还没来得及坐在椅子上就晕倒了。

问题是遗孀的好姐妹们,她们要对这个刚刚进门的女子进行严厉的惩罚。当死者的兄弟下令把她们分开时,惩罚已经在进行了。混战,即疯狂的殴打,因此避免了。在内心深处,大家都知道那不是时候。和平与秩序是在死者的兄弟的指导下建立的,没有任何理由掩饰,因为大家都看到了。他公开表示,会在更加合适的时候去解决"我们和他们之间的问题"。他说每个人,他特别强调了在场的所有女性,都有权为他哥哥卡洛斯送行,为他哥哥"祈祷和歌颂"。

最后,他强调了权力等级,棺材旁边的椅子留给他哥哥的遗孀以及孩子们。"法令"得到了尊重。潜在的战争迷雾慢慢地消散。二级家庭被带离视线,或预料之中,给她应有的权力。

在这些众人关注的场合,我常遇到将军。我小心谨慎,但并不畏手畏脚,因为他一直出现在公共场合。方便时,他会私下递给我一个信封。"是钱。"塞莱斯特向我解释。通常,将军的妻子会坐在逝者的家属旁边,将军也会稍坐一会儿。

离开葬礼现场,气氛和身体立即变得轻松很多。亡者的离世会让老年人重新审视生活,高兴地回忆过去,并祈祷自己不是下一个离开的人。

以前,参加葬礼对于我来说很难,也很痛苦。在这里，却发生了一件有趣的事情：听到传统圣歌时，我会哭泣。不是为逝者流泪，因为我通常不知道去世的人是谁。洛美娜认为我的眼泪是一种古老的失落之痛。她告诉我说，够了，擦干眼泪吧！

17

我现在也收下了将军寄来的信。我能毫不畏惧地接受它们,没有任何思想负担。我来告诉你们原因:我缺钱。一收到信封,我就把钱拿出来,然后把信封扔掉。我不习惯信封散发着的浓郁香水味。

在将军的帮助下,我参加了安哥拉国家电视台举办的寻亲节目,将军还支付了在报纸和广播电台的广告费。我来安哥拉已经两个月了,至今依旧没有找到任何关于母亲和儒丽亚娜·迪然巴的线索。

八月底,当外国人开始从各自国家返回的时候,罗安达又开始了新的生活。周末、周末,双份的周末,聚会的频率加强,有时一天晚上有三场聚会。纳蒂亚和卡蒂拉不喜欢"那些外国人在场",不喜欢和外国人混在一起。她们继续在同一个地点与朋友、表兄弟们见面。

她们向我解释,有几个表兄妹和朋友在外企上班,他们讲的话都是一样的。很多外国人的行为表现得"好像这里是安哥拉乐园"。他们不尊重这里的文化，不尊重女人，不遵守规则。

"外国人到了这里，开车时打电话、酒后开车、玩女人、到处扔垃圾。他们在自己国家不做这些事，为什么要在这里做？因为这里没有人可以约束他们，他们不需要承担任何后果。这像什么话？难道这里是无政府状态？我们要控告他们，让他们执行'24小时/20公斤'①。他们不守规矩，应该从哪里来回哪里去。我们不要学他们的坏习惯。"卡蒂拉解释说。

纳蒂亚同意卡蒂拉的意见，她不去参加聚会，因为经常有人对她说：

"那些42度的威士忌②……生活作风混乱，把我们这里搞得乱七八糟。当他们觉得满足了，就拿着行李走人。"

泽·玛利亚喜欢参加非政府组织的聚会，有时我会和他一起去。聚会让整个罗安达融合在一起。贫民、精英和外国人都在那里：狂欢中的喜悦。

有一天，我决定随心所欲，用将军办公室的电话给卡塔丽娜打电话。只是我缺少说话的勇气，听着电话另

---

① "24小时/20公斤"指二十世纪七十和八十年代，安哥拉政府驱逐外国公民时，要求他们必须在二十四小时内，仅可携带二十公斤的行李搭乘指定的航班离境。
② 指单身汉。

一端的声音,听到她的声音,我的心跳加速。我挂上电话,深吸一口气,决定再给她拨过去。卡塔丽娜过了好一会儿才接,但她确实接了。我说:"是我。"卡塔丽娜挂掉了电话。

我放下了听筒,想过一会儿再给她打电话。

一只苍蝇在桌子上漫游,我拿起笔记本打下去。它被打中了,只剩一条腿在颤动。我拿起它使劲地吹了一口气。苍蝇落在地板上,死掉了。我觉得自己像它,已经不存在了。

泽·玛利亚匆忙地来到客厅,不小心一脚踩到苍蝇。他用愤怒的语气抱怨说:

"听着,你知道我在楼下等了你多长时间吗?"

"为什么等我?"

"你不是要去妇联吗?"

"今天不去。"

"你猜今天谁会到罗安达?"他问,双手在胸前扣紧,并晃动着肩膀。

"别把我当白痴。"

"我现在去机场接她。你去吗?"

抵达机场的时候,热奥尔吉娜已经在机场出口等着。看到她,泽·玛利亚神情激动地说:

"该死,我太激动啦!我要这个女人。"他差点撞到前面的车子。他跳下悍马车，把车门打开，等待着热奥尔吉娜过来，将她拉入自己的怀抱。一个没有必要的拥抱。他在距离热奥尔吉娜嘴唇几毫米的地方吻了一下，然后抓住她的手，带着她向前走。狗抬起后腿才撒尿，泽·玛利亚就是一条阿尔法狗。也许，他紧张得忘记了绅士风度和他的生理冲动一样重要。热奥尔吉娜仍背着背包，即使上了车，她也一直背着。

我好像没有价值，我是"客人"，泽·玛利亚把我"请"到了后排座位。我没有异议。

车子启动时，我的手表显示距离下午三点十五分还有五分钟。

"你能打开收音机收听国家广播电台吗？"我请求泽·玛利亚，并拍了两下他的肩膀。

"我不需要听广播。"

"听一段广告。"

"什么广告？"他愚蠢地质问我。

"不要说了，广告已经开始了。"

"下午好！尊敬的听众们。下午好，安哥拉，从卡宾达省到库内内省。下午好，安哥拉。收听节目的听众们，美好的周末要开始了。和平安哥拉！和平！愿和平长存！和平！"收音机里传来播音员的开场白。

广告延迟播放了，现在才开始：

"维多利亚·格鲁斯·达丰塞卡小姐正在寻找她的母亲罗莎·希图拉·格鲁斯·达丰塞卡女士以及她的姨妈儒丽亚娜·迪然巴女士。罗莎·希图拉·格鲁斯·达丰塞卡女士和儒丽亚娜·迪然巴女士在听我的节目吗？如果你们在听，请拨打这个电话号码。如果谁有罗莎·希图拉·格鲁斯·达丰塞卡女士和儒丽亚娜·迪然巴女士的信息，可以……"播音员播报了三次这两个名字："请大家拨打刚刚播报的电话。朋友们，请帮助这家人重逢！和平带来家庭的重逢。接下来，让我们继续收听FM93.5……"

"我的天！"热奥尔吉娜喊叫起来，转向坐在后排座位上的我。

泽·玛利亚被吓坏了，立即踩下刹车：

"出什么事了？你们想吓死我吗？"

"我的天，姐们儿！你为什么不跟我说儒丽亚娜·迪然巴的事？"

18

热奥尔吉娜决定先不回家了。她带来的信息让我想立即赶往万博。洛美娜得知新消息，也立刻行动起来，在自己的地盘上指挥孩子们。我和热奥尔吉娜以及泽·玛利亚到家时，纳蒂亚、卡蒂拉、塞莱斯特已经在那里了。

由于健忘，我差点忽略了一个头发稀疏的矮个子年轻人也在现场。他黑色的大眼睛显得格外突出，像探测器一样一直盯着洛美娜，她走到哪儿，这双眼睛就跟到哪儿。很多人不认识这个小伙子，他是三楼邻居的侄子。他携带的行李箱的托运标签显示他来自万博，因此他是在大楼门口被洛美娜拦住并叫来的。洛美娜觉得他也应该参加我们的讨论会，因为他能提供万博那边有价值的信息和联系方式。小伙子原本要爬六个楼梯间，现在得走上八个。

介绍很简短。洛美娜说话时扬着她用眉笔画的拱形眉毛。她不喜欢姓"史密斯"的热奥尔吉娜,认为自己在这块地界上更像鼻子隆起的美国女人。她虽然没有这么说,但也许会这么想。

谁坐沙发?她决定自己坐。洛美娜拿起一把椅子,递给热奥尔吉娜,后者接过椅子,放在客厅中间。我们把餐桌旁的椅子搬过来,一起坐在沙发旁边。

没有开场白,热奥尔吉娜简要地讲述了自己是如何认识儒丽亚娜·迪然巴的。她第一次见到儒丽亚娜是在距离万博市中心二十公里的一家市级医院。她解释说,自己那时正在医院为冲突和战后的社会学课题搜集数据。如果我没有记错的话,我认识热奥尔吉娜的时候,她曾告诉我她正在研究安哥拉农村妇女的状况。我保持沉默。

这位西班牙女郎偏离了我们讨论的话题,迷失在自己的研究课题中。

洛美娜表现得极其不耐烦,用粗犷的声音打断了热奥尔吉娜激情澎湃的演讲,请她继续讲儒丽亚娜的事。

我们又重新开始听她说。

热奥尔吉娜说,在距离万博市中心大约二十公里的一家市级医院,第一次看到儒丽亚娜。当时,她在楼门口,一辆小型皮卡车快速抵达,并停在医院右侧的停车场。

皮卡车驾驶室前排坐着三个女人,年纪最大的负责开车，下车时挂着拐杖。热奥尔吉娜注意到她有一条腿是瘸的，白头发编成辫子，她用自己的方式看着另外两个女人，让她们明白她下达的指示。那两个女人要年轻一些，但也不是年轻人，看起来是中年妇女，她们一直在跟仿佛漫无目的地在医院周围游荡的女人和孩子讲话。

意识到洛美娜又想借机打断她的讲话，热奥尔吉娜立即澄清说：

"年纪大的女人便是儒丽亚娜。先让我讲完，好吗？"

热奥尔吉娜继续讲述故事，我在一旁将她那冗长和带着浓重西班牙口音的话译成葡萄牙语。儒丽亚娜腿瘸、干瘦，奇怪的是身体很硬朗。她独自一人把车厢后门打开，从上面拿下来一块木板，然后把木板一端放在车上，另一端放在地上，临时搭建了一个斜坡，等待另两名妇女带着几个人上车。

"我数了一下，有七个女人和五个孩子。"她掰着指头说。

这不同寻常的场景让热奥尔吉娜大吃一惊。等她反应过来，小皮卡车已满载人类战利品走远了。她急忙询问医院的保安，那些女人是谁，来这里做什么。

她了解到那帮女人被称为"儒妈妈和她的姐妹们"。保安说她们时不时来医院，带走不想住在医院的人，并照顾她们，直到她们获得新生命。热奥尔吉娜花了很长时间才打听到她的住所,于是立即动身前往。

热奥尔吉娜停止了讲述,从背包里拿出笔记本,迅速地翻动着,告诉我们说:

"我记下了她的身份信息。"她用左手食指寻找准确信息。

"很好。"洛美娜向她表示祝贺。

热奥尔吉娜没有停下来,直到找到信息,并大声地读出来:

"全名是儒丽亚娜·迪然巴。父母信息:父亲恩佐·伊拉里奥·迪然巴,母亲若阿金那·西马·迪然巴。居住地址:万博市本菲卡大街3号11栋。出生地:万博省伦功古。职业:家庭主妇。出生日期:1949年10月4日。身高:1.45米。性别:女。黑种人。婚姻状况:单身。签发日期……"

"知道了,我们知道了!"洛美娜打断了热奥尔吉娜的话。

热奥尔吉娜止住话头,睁大双眼,用她之前翻动笔记本的一根手指指着洛美娜,说:

"不,不,不,不,不!我不喜欢这样!"

洛美娜同样不喜欢这个"不和谐的西班牙女郎",她抬起下巴,警告说:

"亲爱的,这里是我家,只有一个人可以在这里大声说话。"她把手放在自己的胸前,说,"那就是我。"

没有人敢打断她们的争吵。停电打破了人们的沉默,该找个机会终止已经开始的争吵了。

不一会儿,灯又亮了,热奥尔吉娜已经站在门口准备离开,泽·玛利亚陪着她。晚些时间再聊。邻居的侄子表示自己从未听说过儒妈妈,并问自己是否可以离开了。他被允许了,塞莱斯特则很随意。

洛美娜命令女儿们和我一起上楼收拾行李。她不相信我们能收拾好,让塞莱斯特也跟我们一起上楼,以便监督我们。在批准或者拒绝哪些东西装进行李箱时,她打电话咨询明天早上飞往万博的哪趟航班"适合"我。

争分夺秒之际,洛美娜发现航班已经满员。战胜困难才能显示出她全能而高效的"特质"。她坚信一句谚语:一只手清洗另一只手①。她保证给我弄到一张机票,并下达了命令:二十四小时内,我要抵达机场。

不像我之前抵达罗安达时那样,星期六的国内机场混乱无序,我们要自行排队办理登机手续。

"上帝啊!真是脏乱差。"卡蒂拉看着旅客嘟囔说。

"闭嘴!"纳蒂亚生气地说。

"你们在这里等着,"洛美娜说,"我去看看谁飞

---

① 安哥拉谚语,意思是"互帮互助"。

这趟航班。你要坐在前排座位。"接着,她就消失在拿着大包小包的妇女和孩子中。

几个即将登机的男人穿着过时的长款西装,看起来不像商人或者经常穿西服的人,很可能是因为这趟旅行才穿西服的。同一身衣服可以在不同的场合穿,比如教堂或医院。我身上背着重重的行李,纳蒂亚和卡蒂拉在一旁帮我。除了装着她们让我带的衣服的行李箱外,我还带着一个手提箱,里面装着食品,还有一个装着药品和急救箱的背包,用塞莱斯特的话来说,"它们不可或缺"。

洛美娜过了很久都没回来,我们只能让队列中的其他旅客先通过。

两只鸡在笼子里挣扎,到处是散落的羽毛。

一位白胡子老人开始和纳蒂亚聊天,他身上穿的本菲卡九号球衣引起了我的注意。曼图拉斯[①]的粉丝披着传统图案的布,穿着一条牛仔裤,腰间扎着棕色的皮带,蓝色的帽子盖住了花白的头发。老先生中等身材,手臂结实,皮肤被太阳晒得黝黑,手里提着蓝白条纹的透明塑料袋,外面用废旧报纸包着。我决定走近一点,听听他们在说什么。

"这是鱼干。"我听到他说,随后,他打开了袋子。

[①] 即佩德罗·马努埃尔·曼图拉斯,为葡萄牙本菲卡足球队效力的安哥拉足球运动员。

卡蒂拉指着我说：

"是她要去外省旅行。"

"您能帮我把这些鱼带给我儿子吗？"

我看着纳蒂亚，不知道该如何回答。纳蒂亚没有看我，卡蒂拉也没有回应。

老先生没有听到回答坚持说：

"求求你了。"

我同意了。

"老先生，您叫什么名字啊？"纳蒂亚问。

"卡贝图拉，"他答道，向我伸出手，"我是罗安达伊利亚岛的渔夫。"

卡贝图拉满手老茧，他的手因为经常用鱼钩和鱼线留下了凹凸不平的疤痕，手上的掌纹仿佛用钝刀割开一样。他发现自己的手与我那双纤细的手的差异，急忙缩了回去，笑着向我道歉，并试图用布掩盖粗糙的双手，结果碰到了我的裤子，他急忙用手把它擦干净。

我接过袋子和他儿子佩德罗的联系方式。卡贝图拉多次双手合十，对我表示感谢。他告诉我们，如果去伊利亚岛，可以去找他，他会给我们带来上好的海鱼。说完他露出灿烂的笑容，和我们说再见。

"只有穷人才会带着食物去旅行。你把鱼干拿在手里，否则行李箱里全是鱼腥味。"纳蒂亚边建议边尽量远离蓝白条纹的透明塑料袋。

即将登机时,泽·玛利亚出现了。他为自己的迟到道歉。他把热奥尔吉娜送回家后,不得不处理了一件又一件事。

"他没有错过任何一件事。"我心想。

"将军想和你说话,你稍等一会儿。"

与将军的通话简单明了。他打听我的进展,说如果有什么需要帮忙必须告诉他。然后,我就和大家拥抱告别了。

卡贝图拉从未坐过飞机,他喜欢到机场的二层溜达,想象自己驾驶其中的一架飞机,带着朋友和家人一起旅行,翱翔在可能抵达的目的地之间。他想穿上机长的制服,戴上帽子,还想拥有量身定制的闪闪发亮的皮鞋,选择长相最漂亮、皮肤最好的空姐。"老头也有权力幻想,难道不是吗?"他反问道,让自己在想象的世界中流连忘返。

我看看手表。飞往万博的航班即将出发。我看到飞机在空中滑落,随后机场巴士前来迎接旅客。

别着急。距离售卖咸鱼的女人离开和午餐上桌还有很长的时间。登机前,有些男人还会去喝一杯冰镇的发酵玉米汁。卡贝图拉喜欢观察旅客,想象他们过的日子和试图隐瞒的生活。老师傅知道外表会骗人,相信在没有灯光的情况下更安全。

前往万博的航班终于到了。卡贝图拉从他所在的窗台看到"很多旅客要去万博"。他皱起眉头,在旅客中寻找给他儿子佩德罗带礼物的年轻人。他问:"她去万博做什么?"最后总结道:"一只眼睛看两边,手心手背都是肉。"

他找到了她,慢慢地勾勒出她的背影,还来不及画脚,她的影子就和其他影子融合在一起了。人们在地板上不停地活动,产生了一些污渍,像人们用双脚在地板上作画。卡贝图拉继续绘制其他影子,直到所有人消失,飞机飞上天空。

对于卡贝图拉师傅来说,生命的呐喊比死亡来得早。生活是半真半假的气息,他生活在阴影里。

空姐带我坐在1A的座位上。我得承认,"洛美娜的能力很强"。我从钱包里拿出照片,照片的纹理与周边带锯齿状的旅游明信片相似,时间损坏了黑白照片原有的颜色,黑色变成了深灰色,白色也变成了脏脏的米黄色。照片上,母亲很年轻,用围巾遮住头发,围巾上的帽子让我想起电视剧《罗克·桑泰罗》中的女主人公辛尼奥泽尼奥·玛尔塔。她把裤腿扎进靴子里,靴子的长筒达到膝盖。她身穿一件前面带两个口袋的短袖衬衫。整张照片有受潮的痕迹。母亲靠在木栅栏上,手里拿着一杆枪，看上去快乐而自信，与我完全相反。

我的手指在照片上游走。我好像是盲人，在照片上寻找她的身份浮雕。手指上的皮肤回忆起在镜子前做过的无数对比。数字印刷是不变的，但我们的故事呢？它知道我不完整，只完成一半，另一半还未被发现：我的出生证明上写着"未知"，缺少父母的简介。

照片的背面，写着献给外公的话："送给我最亲爱的爸爸。席尔瓦波尔图，1959年6月30日。"母亲用大写字母写下这几行字，没有使用标点或重音符号。落款是罗莎·希图拉·格鲁斯·达丰塞卡。母亲的签名有点倾斜，且充满棱角，这是她握笔的拳头给予的力量和坚定，她的笔迹深深地刻在我的心里，我知道她的痛。

机舱的广播提醒我们，飞机开始降落。在世界之巅，太阳把蓝天、白云和黄色的雨滴掺杂在一起，随后再把混合物抛向地球，并在高原上涂上不均匀的绿色斑点。在广阔肥沃的绿色高原上，群山拔地而起，从上往下看，仿佛是石头被埋在地底下。

19

飞机启动起落架。颠簸的跑道让人剧烈震荡，我觉得有些恶心。飞机安全着陆，还没有完全停稳，旅客们就站起身准备下飞机，一片混乱。下飞机之前，我试图放松心态，调整自己的思绪。我是最后一个下飞机的，是跑着下来的。我的双脚牢牢地踩在地面上，很久以前，它们在这片土地上被连根拔起。

洛美娜邻居的侄子的父母爱丽斯和马尔迪尼奥在接客区等我。我感谢他们的盛情款待，但与原来商定的计划相反，我告诉他们自己不去他们家住了，想直接到儒丽亚娜的家。到了那里，我会知道自己要做什么。面对我坚定的想法，没有人提出反对意见。

万博街道宽阔，楼宇林立，表明这座城市曾经的辉煌。看到这些建筑，我回忆起马尔维拉的热尔瓦西奥叔叔咖啡店门前的海报。

安东尼奥外公说："给外公一杯浓缩咖啡，给孙女一个小窟窿眼。"说完就把我抱起来,让我坐在柜台上。他从衬衫口袋里拿出一支总是带在身上的钢笔,递到我手里。我拿起钢笔,在海报上扎下小窟窿。没有一个人的速度赶得上我。很快,足球俱乐部的海报上就布满了小孔,就像这些混凝土大楼被战争破坏后全是孔洞一样。那时,在最糟糕的情况下,我的奖品也会有一块巧克力。

午后的光线从侧面照过来,与街上的炭火炉融为一体。是时候烤香蕉和木薯块了。

万博的孩子们肚子很大,肚脐朝外翻。他们不像作家马努埃尔·鲁伊笔下的孩子,也不像歌唱家保罗·德卡尔瓦里奥所歌唱的,至少不像我想的那样。他们更像来自里斯本郊区泽卡阿丰索黑人村的孩子们。一些孩子坐在地上,另一些在玩红色的棕榈油铁罐。填饱肚子,这就是他们的愿望。

我来到本菲卡大街3号11栋前。这是一栋两层楼的房屋,四周建有围墙。我注意到房子的二楼并不是原始建筑结构的一部分,它的墙体是另一种粉色,修补过后的窗户和旧的木质房门都关上了,并用钢筋网保护起来。院子门口有一小块玉米地。

大门对面停着一辆小皮卡车。根据热奥尔吉娜的描述,我认出了儒丽亚娜的车子。大门半开半掩,院子很潮湿。很奇怪,好像没有人在家。

我请马尔迪尼奥在外面等我，准备一个人进去。原本的客厅好像改装成了一间大卧室。房间角落里，靠墙堆放着薄床垫，旁边整齐地摆放着床单、毯子和枕头，桌子、椅子和长凳堆放在一起。我走进宽敞的房间，看到孩子们从内心散发的笑容。

　　她们像观众那样坐在客厅的地板上。大部分人没有注意到我站在楼梯口，有几个人看着我，但没有任何反应，大家在看一部自导自演的话剧，风格类似于查理·卓别林的无声电影，其中一个女演员粘着假胡子，头戴一顶简易的礼帽。演员的笨拙和滑稽让大家哈哈大笑，有的还笑出了眼泪。在混杂的声音中，我想知道她们是想哭还是想笑。我不知道该怎么办，于是坐在楼梯的第一个台阶，等话剧结束。还早得很。我需要很长时间才能适应环境，但我屈服了。

　　话剧结束，大家站了起来。我给她们让路，让她们出去。没有人问我是谁，也没有人问我到这里来做什么。

　　有人突然从背后拍了拍我的肩膀，就像一股强大的静电，给我施加了压力。我瞧着地面上的影子，从高度来说，这个人个头不高，也许是马尔迪尼奥或者爱丽斯。但他们已经认识我了，因此他们会很舒服地站在我背后，背影与我的重叠，而不会害羞地说话、打招呼或者轻拍肩膀。

在各种可能性中，我试图不去想。也许，这个人正是儒丽亚娜。我转过身，发现门口空无一人。我回到里面，在大门旁边，一个身材矮小的女人正跟爱丽斯和马尔迪尼奥说话。儒丽亚娜挂着拐杖。马尔迪尼奥看到我便下了车，把行李拿下来。我走过去。

"放心把她交给我吧。"儒丽亚娜向他们夫妇承诺，并一直看着我。

我很尴尬，试图向她解释我住在她家的原因，说我是罗莎·希图拉同志的女儿。儒丽亚娜请我们一起进去。

20

客厅里,铰链桌已经组装成一张长餐桌。座位安排得井然有序,主位上坐着儒丽亚娜,她旁边坐着孩子们,再往下是女人们。我没有做自我介绍。晚餐是玉米味的黄色肉汤,大家快速而安静地吃着。吃完后,组装的桌子被迅速拆解,放在角落里。

孩子们在一旁玩耍,她们觉得客厅太狭窄,便离开了那里。

一个黑皮肤的高个子女人走到我身边,自我介绍说她叫南敦杜,让我和她一起去提水。

在院子里,南敦杜拿掉盖着井口的旧木头,往水桶装水,然后要我把水桶提到厨房里。水桶很重。到厨房之后,还得把水倒进蓝色的水缸里,再回到水井。我总共走了九个来回。

我的胳膊和手指开始发酸,汗水顺着身体流下来,感觉衣服黏在皮肤上。

我需要洗澡。屋里被一盏煤油灯和一些蜡烛照亮。我想和儒丽亚娜谈谈,但又很累,她决定先带我回房间休息。

她拿着一根点燃的蜡烛,把它固定在一个碟子上,然后打开把房子分隔成上下两层的那扇房门,进去后反锁起来,然后转身上二楼。我产生了幽闭恐惧症,整个人像被禁锢住,什么也说不出来。儒丽亚娜打开其中一个房间的门,用沉重的声音告诉我,这就是我睡觉的地方。我的行李已经放在那里。我和玛丽吉娜丝共用一个房间。床底下有一个小便盆,楼上的厕所不能用,因为坏掉了。

她告诉我卫生间在哪里。

"水在水桶里,取水的杯子在浴缸里,"她还补充说,"要节约用水。"

"我已经习惯了。"

"什么?"

"用水杯洗澡。"我自己笑了,想打破我和儒丽亚娜之间的隔阂,拉近两人的距离。

"明天上午八点半起床,我们一起去做弥撒。晚安。"

她把蜡烛递给我,然后消失在我们刚才经过的走廊深处。黑暗和恐惧侵蚀着我,我洗了个冷水澡回到房间,很快便睡着了。

醒来时，我的情绪很低落，用了一段时间才搞清楚自己在哪里。玛丽吉娜丝已经在房间里，睡在另一张床上。时间仿佛没有动，它是一个针对所有能带给我平静的回忆和思想的连环杀手。我感到头晕，忧郁、焦虑、怀疑和离愁像乌云一样笼罩着我。当你无事可做的时候，需要在一个小时内填满六十个空格。好好想想，回忆以前曾经发生的事情，或者畅想未来我能做些什么。我知道这是一个错误，但无能为力。如果外婆在这里，她应该可以帮我。我有些害怕，听到了玛丽吉娜丝移动的声音，她起床喝水。我假装睡着了，没有勇气要求她伸出援手。

21

新的一天开始,黎明将墙壁染成橙色,卧室的窗帘纷纷拉开。维多利亚起床了,小心翼翼地打开行李箱,拿出要穿的衣服和塑料袋子里的剪刀,把自己锁在卫生间里。

儒妈妈也醒了,躺在床上听鸟儿们鸣唱。它们是饿了,还是在寻找异性伴侣,或者在讲故事?它们欢快地唱着歌,预示着新的一天的开始。突然,鸟叫停止了。

她起身走到窗边,看着需要修理的窗户,发现一只小鸟肚子朝上,躺在护栏上。一只鸟死了,不过是死了一只鸟,她想说服自己,坚持打开那扇已经坏掉的窗户,然后穿上长袍去找纸巾,准备把它包起来扔进垃圾桶,刚好碰到从卫生间出来的维多利亚。维多利亚给自己剪了短发。儒妈妈感到很惊讶,但决定不评论,犹豫了一下,她问:

"你知道自己叫什么名字吗?"

"维多利亚。"

儒丽亚娜走进卫生间，在用拐杖关门之前，补充道：

"这个名字是你的故事的开始。"

奇怪的是，维多利亚张了张嘴想问她，却发不出任何声音。她想打听自己的故事是怎么开始的。这个问题价值不大，因为儒丽亚娜迅速把卫生间的门关上了。

在浴室的垃圾桶里，儒丽亚娜看到了维多利亚的一撮头发。当她意识到维多利亚是谁的女儿时，维多利亚已经离开了，她感到喉咙发涩。也许，这是最好的安排。在窗台护栏上死去的小鸟是最好的解释：维多利亚开始了她新的生命。

她后悔自己刚才对维多利亚太不礼貌了，意识到错误和内疚不应该代代相传。她有责任帮助维多利亚找到母亲，向维多利亚展示新生活，于是返回房间，拿起护栏上的小鸟，把它埋在了楼下的院子里。

22

天色大亮。维多利亚试图摆脱儒丽亚娜造成的不愉快。她不想小杯子里取萝卜或者猜谜般打探。你的过去属于你自己，它是个人的、私人的、不可转让的。虽然这种情况在战争年代很常见，但她不想与儒丽亚娜产生任何摩擦。毕竟，她在没有通知任何人的情况下来到这里，并住了下来。

维多利亚决定无视刚刚发生的事情，走进了房间。

玛丽吉娜丝已经出去了，而房间里到处都弥漫着鱼干的味道。她感觉要吐了，身体的酸痛感也加剧了，于是打开窗户，让新鲜空气进入。鱼腥味渐渐散了。

吃过玉米糊、喝过红茶后，她们开始沿着土路朝教堂走去。她觉得不舒服，但一直试图让自己好起来。道路的两边长着很高的野草，时不时会有摩托车经过，扬起一阵灰尘。没有人朝教堂的相反方向走。一路上，有越来越多的人加入前行的队伍，人们步行或者乘坐简易的交通工具。

一辆改装后的独轮车,车轮两边的金属支架上牢牢地固定着一个旧沙发,沙发上坐着一对母女。孩子的双腿在沙发边上晃来晃去,妈妈的腿却没有晃。甚至看不到妈妈的双腿,因为它们已经不存在了。她并不是唯一的残疾人,维多利亚在前往教堂的途中发现有很多残疾人。她记起戴安娜王妃在雷区"散步"的消息,那里插满三角形的红色旗子,标记着死亡。维多利亚走的地方没有任何警示牌,但身边到处都有死亡的威胁。她很少讲话。除了只言片语或哀叹一声,她们的交流都通过交换眼神进行。

"这里的生活节奏比罗安达还慢。"维多利亚想。

她们到达时,教堂里已经坐满人了。儒丽亚娜她们只有一部分人进了教堂,剩下的都站在外面。维多利亚想凉快一会儿,想找个阴凉地方坐。她发烧了。

教堂外,信徒们坐在地上。一些人坐在教堂主大门周围,另一些人坐在一棵大树下。巨大的绿色树冠挡住了阳光,但湿润的微风不能驱散身体的热量。

维多利亚用照相机记录下教堂里简单而美丽的画面,然后走到那棵大树的阴凉下,靠着树干坐下来,感觉整个人都被宁静包围了。两三分钟后,宁静被教堂里传出的声音慢慢驱散。人们用轻柔细腻的声音开始齐声吟唱。

声音的节奏让维多利亚想起海浪撞击礁石的画面，翻滚的海浪冲击着海岸。维多利亚感觉头很重，身体不断地冒虚汗，双脚仿佛与树根缠在一起。信徒们停止唱歌，掌声像波涛汹涌的大海，淹没了海滩。维多利亚知道自己出现了幻觉，为了躲避刺眼的光，她闭上了眼睛。这时，她看到小时候的自己站在地面上，凝视着同一棵树。她失去了平衡，倒在地上。

她的晕倒很突然，大家都没注意。事实上，旁人过了一会儿才明白发生了什么事。维多利亚躺在地上，头靠着大树，恢复了意识。他们发现她的情况还好，于是在她的周围留出空间，帮助她靠在树干上。沉重的脑袋和身体的飘浮感形成了鲜明的对比。

维多利亚醒过来时，发现自己正躺在儒丽亚娜的怀里。从震动和噪声中，她意识到她们是在车子里，她再次感到了后悔和恐惧：

"我不想死。"

"我以前没有那么做，现在也不会。"

"把你的手给我。"

维多利亚感觉到儒丽亚娜的手紧紧地抓住她的双手，她不再恐惧，再次闭上双眼。

23

疟疾让维多利亚在床上躺了一周。那段时间，儒丽亚娜很少离开她。

背包里的药以及儒丽亚娜采摘的树叶茶和树根控制住了她的高烧。不久，她身上的剧痛也消失了。

维多利亚躺在床上的这段时间，到了采摘红树果的季节。梦中，她感到外婆制作的红树果果酱的甜味侵入了自己的血液。别想了，她很快驱散了自己的幻想。那时，她不能活动，只能紧紧抓住温馨的回忆片段：制作果酱，用木勺子搅拌，用手指轻轻蘸一点，把仍然温热的果酱送进嘴里。

如果艾丽莎外婆没有发现，她会狠狠地吃上几口。那是一种令人难忘的美味，一般情况下是不会被外婆抓住的，偏偏她不小心把勺子拿得太靠近鼻子了。甜甜的果酱沾在嘴唇上，甜美的果香愈发浓郁。被果酱弄脏的鼻子暴露了她的小诡计，外婆拿起毛巾和"鞭子"在厨房里追赶她。

记忆是如此强烈，似乎让房间也充满了香味。维多利亚伸出舌头，品尝着空气中的糖。"她们在做果酱。"她兴奋地想，感到自己胃部空空的。

她想起床下楼，却做不到。去卫生间时，她听到孩子们在吹口哨。她捏紧嘴唇，让空气通过，试图创造出同样的音乐，然后心情愉悦地从床上爬起来。

她照了照镜子，发现自己瘦了。她用手抚摸着脸颊和短发，脖子细长，脸颊的肉也少了。她模仿别人的声音，用手指着镜子说：

"这个满头干草、脏兮兮的女人是谁？"

她发出另一种讽刺的女声，故意说：

"你想用洗面奶还是用牛奶咖啡洗脸？"然后反常地笑了，"哈！哈！哈！"

"傻姑娘！"记得在寄宿学校被取笑时，她会愤怒得双唇发抖。

远离镜子，你不需要它。

维多利亚温柔地唤醒手臂和双手的皮肤，大声地喊道：

"臭婊子！在夏天，它们值得被夸奖！肤色不时髦又怎样！"

她下楼时，已将近中午。

"上午好！果酱的味道真香。"她到厨房门口时赞扬说。

南敦杜正专心致志地给炉子添木柴，突然看到维多利亚，高兴地一屁股坐在地上。

"哈利路亚，上帝啊！哈利路亚。"南敦杜高兴地叫道。

她困难地站起来，用毛巾擦了擦手，紧紧抱住维多利亚，然后递过去一张凳子，说：

"你坐吧，坐这里。都是我的错，对吧？"

"怎么这样说？"维多利亚感到困惑。

"是我让你帮我抬水的。"她忏悔道，几乎要哭出来了，"你的情况看起来真的很危险。"

"在罗安达我就生病了，不是你的错。你在做什么甜品？"

"红树果果酱。你想吃吗？"

南敦杜给维多利亚做早餐时，告诉她一件事：

"明天是儒妈妈的生日，我准备做蛋糕。"

"我没有给她准备任何礼物。"

"只要你身体健康，儒妈妈就会很高兴。"

"她多大了？"

"五十九岁。大家都会来为她庆祝。"

"她们几点回来？"

"马上，已经在回来的路上了。"南敦杜激动地搓着双手。

"房间里有一袋鱼干，你知道在哪里吗？"

"儒妈妈把它拿给佩德罗了。你会认识他的，他非常可爱。你不要说出去，玛丽吉娜丝对他一见钟情，但佩德罗对她不感兴趣。"

南敦杜把面包和果酱装进餐盘，放在桌上。

她磕磕绊绊，鼓起勇气问道：

"为什么要剪短头发？"

"不知道，突发奇想吧！"

"你的直发很漂亮。你看看我的卷毛，"她指着自己的头发，"这种头发长得很慢。"

"我的剪发技术很差。你喜欢吗？"

"这样子……我怎么说呢……像另外一个人。"

"今天是几号？"

三声急促的喇叭声，儒丽亚娜她们回来了。

"10月3日。我去帮忙了。"南敦杜拨旺了火，跑出厨房。维多利亚刚要站起来，南敦杜一把把她按在凳子上，拍着她的肩膀说：

"你休息吧！"

维多利亚没有去帮忙，她把吃剩的面包塞进嘴里，然后喝了一大口咖啡，离开了厨房，停下，又转身回去，寻找几分钟前南敦杜制作果酱时使用过的木勺。她从盘子里拿起木勺，勺子凹陷处变成红色，边缘凝结着大量的糖。

维多利亚把勺子放进锅里，取出一小块果酱，果酱的温度高得几乎会烫伤舌头。她吹吹勺子上的果酱，然后用手指划过木勺，将热果酱放进嘴里。"有些事情永远不会改变。"她边想边抚摸着自己的头发，朝大门走去。

"你看起来不错，最重要的是现在可以和我们一样走路了！"儒妈妈跟她开玩笑，并给了她一个拥抱。

维多利亚从她手里接过袋子，和她一起进了屋。与此同时，玛丽吉娜丝和南敦杜两人卸下了啤酒箱。

"儒妈妈，我到底叫什么名字？"维多利亚问。

弯着腰的儒妈妈，突然直起身板，去抚摸维多利亚的脸颊，回答说：

"瓦乌拉，意思是胜利。"

大家整个下午都在为生日聚会做准备。佩德罗，鱼干的主人，也来帮忙了。他开着自己的小汽车，运来了聚会需要的椅子和桌子。

24

天气晴朗,一弯新月出现在地平线的上方。当儒丽亚娜和维多利亚坐在门廊的长凳上时,月亮升到了半空。两个人喝着香茅凉茶,安静地望着月亮。维多利亚的皮肤被太阳最后的光芒晒得暖暖的,仿佛被它搅动并获得了新生。这时,街道开始热闹起来,孩子们放学回家了,邻居们忙着做家务。

对于维多利亚来说,最近几个星期的生活并不像国家电台播放的口号那样:"好时光,好音乐。"第一次跟儒丽亚娜交谈时,维多利亚觉得她令人讨厌、丑陋且饱受生活摧残。现在不一样了,儒丽亚娜的爱温暖了她,把她的心融化了。

欣赏完黄昏后,儒妈妈最终决定告诉她:

"直到现在,我都还记得那天把你送到外公外婆身边的情形。当时,你很饿,你家的房子非常漂亮。"

"你能告诉我,我家在哪里吗?"

"我知道地点,但房子已经不在了。我可以开始讲你的故事了吗?"

"能先讲你的故事吗?我想了解你。"

在讲故事前,儒妈妈讲了她对战争的看法。

她认为在战争年代,死亡可能是最好的归宿。她活着,但从未忘记。对于她来说,战争从未真正过去。

战争开始时,人们不相信它的残酷性,仿佛生活在乌托邦或梦中,直到你必须杀死他人才能不被他人所杀。战争中没有敌人,只有屠杀、酷刑、残害和强奸。

"在这里,中部高原像魔鬼租赁的土地,我们给这片土地以痛苦。是不是士兵已经不重要了,四面八方都是杀戮。"儒妈妈捂着眼睛,叹息道,"战争是最大的巫术,它蒙蔽了每个人的眼睛。"

这是维多利亚第一次听别人公然谈论战争,儒妈妈并不是用战争惊吓她,而是把事实告诉她。

在维多利亚的家里,从未有人谈论过安哥拉的战争。这是禁忌。

儒妈妈继续说:

"在战争中,你认识的人,可能会突然变成恶魔。"

一切都变得安静,维多利亚没有回应。这是一天的结束,似乎只有挂在晾衣绳上的衣服打破了静止的感觉。人们在平整的土地上耕种。儒妈妈喝了一口茶,以化解喉咙里刚刚形成的痰。痰化开了。

"我的父母不明白,他们是被白人同化的黑人。他们有一些修养和特权,却认为我想咬那些递给我们食物的手。我不这么认为。他们残忍地虐待我们,我从不接受不公平。"

儒妈妈说,看到一个女人当街被一个白人拳打脚踢时,她决定参加游击队。被殴打的女人是个黑人,晕倒在葡萄牙人的脚下,没有人站出来保护她。

"我也没有站出来,"她移开视线,继续说,"我只是呆呆地站在那里,像个傻瓜,觉得非常羞耻。事实上,我现在依旧为我没有保护那个女人而感到羞耻。"

"没关系,已经过去了。"

儒妈妈并没有回应维多利亚。

"事情过去不到一个月,几内亚就宣布独立了。我去参加了庆祝几内亚同志们胜利的集会。"

"你那时候多大?"维多利亚询问说。

"快十九岁了。像其他人一样,我已经不能回家了。"

"那你去了哪里?"

"加入了游击队。他们偷偷把我们安置在一个棚子里,随后前往刚果布拉柴维尔。我甚至不知道自己是如何忍受那种军事训练的。"

"你本来可以放弃的。"

儒丽亚娜用沙哑的声音抱怨道：

"我要正义，我要平等！我要一个属于我们的国家。"回忆往事时，她脸上的表情变了。

在大街上玩耍的孩子们回到了家里，他们从大门口径直朝儒妈妈扑过来，争相与她拥抱、亲吻。过了一会儿，两个女人才能继续交谈。

儒妈妈坐下来，把拐杖靠在墙上。

"我们能去哪里？啊！为了救赎、为了独立而努力训练。"她继续回忆说，"他们塞给我一套很大的军服。我的军靴太大了，得往里面塞满干草才能穿得稳。我挎着AK-47步枪，背上背包，跳上卡车，接着就离开了……旅途中，几个小时内都没有一个人讲话。我们只相互看着，每个人的眼睛都睁得大大的。那是恐惧，极度的恐惧！"

"你没有做好准备吗？"

"对于战斗，我们没有做任何准备。难道像我们现在这样眼对眼、面对面、肩并肩吗？什么准备也没有！很残酷。"

街对面的房屋开始亮起灯，窗帘为屋内移动的阴影提供了舞台。

"你想回屋吗？"

"我很好，不用担心。"

"那我们伸伸双腿活动一下。"

两个人站起身,接着又靠在墙上喝茶。

"胜利是必然的,"她坚信,"但我们也做了很多过分的事情。"

"比如?"

"进农村将年幼的孩子带到丛林里。"

"让他们打仗吗?"

"是的,还让他们负责搬运物资和做饭。女孩子被奸污,失去了尊严。"

儒妈妈坐下来,问维多利亚是否想继续听这些不幸的故事。

"这是历史的一部分,我想听。"她回答。

儒妈妈又一次站了起来。挂在腰间的钥匙发出叮铃铃的声音。讲故事让她坐得太久了。

月亮挂在天空中最适合它的地方。等待儒丽亚娜继续讲的时候,维多利亚听到外面路上有其他人说话的声音。

"我父母在1976年年初被杀了。当我得到消息时,他们已经下葬了。我哭了很久,觉得无比内疚和愤怒。"

"你知道是谁杀的吗?"维多利亚问道。

"一个认识我父母的人,他甚至经常到我们家做客。"

维多利亚明白,儒丽亚娜说的事情已经从反殖民战争转到内战时期。

"葡萄牙人一定知道：黑人必须相处融洽。"

儒妈妈苦笑起来："他们把我们留在这里，让我们解决自己的问题。"

"战争是犯罪。"

"是灵魂的犯罪和痛苦。"

"它是被允许的犯罪。"

两个人都低下了头。

随着太阳的落下，白天最后的一点亮光也渐渐消失了。儒丽亚娜在微风中感觉到一股湿气。她知道要下雨了。

"来！帮我把绳子上晾晒的衣服拿进屋里。"

她们朝绳子走去。

"你不觉得追逐梦想会犯下很多错误吗？"维多利亚问道。

"我们总是在犯错误，可最终也没有实现我们的梦想。"儒妈妈无比难受。

两个人默默地收着衣服。

返回走廊时，雨落下来了，像钟乳石一样密集，撞击着地面，破裂后形成了水纹。维多利亚和儒妈妈把衣服叠好，放在她们坐的长凳上。

"我们进屋吧，不然你会再次生病的。"

维多利亚拿着衣服，搀扶着她一同走进屋子。她们喝茶的杯子被遗忘在长凳上。客厅里，餐桌已经摆好，孩子们在地上玩耍，女人们忙着做晚饭。

"你想吃红树果吗？"

"好啊，今天我已经吃过果酱了，很好吃。"

"我去拿些红树果，然后一起上楼。"

一个小女孩抓住维多利亚的腿，维多利亚把她抱在怀里，她觉得孩子很轻，似乎是一个空壳。她缩在维多利亚的怀里，小脑袋依偎在她的肩膀上。维多利亚想象自己是躺在母亲怀里的孩子。

儒妈妈端着一碗红树果回来了，两个人一起上了楼。走进房间后，儒丽亚娜划了一根火柴，点燃煤油灯，把红树果放在挨着窗户的书桌上。书桌旁边有把皮椅，椅子磨损了，但已经完成了它的使命；另一把椅子上摆放着衣服。她把衣服拿起来，扔到床上，然后把椅子递给维多利亚。

叙述者没有迷失，继续讲述她的故事。

"当我被调到另一个排时，认识了你妈妈，罗莎·希图拉同志。'我是炸药'，她经常用粗犷的口吻这样介绍自己。"

维多利亚用手捂上嘴巴，想堵住自己的笑声。

"炸药？为什么用那个名字？"

"这是战名。你知道几点了吗？待会儿就开饭了。"

"六点四十五分。"维多利亚看着手表说。

"七点我们下楼吃饭。"

"她那时多大啊？"

"她比我大，应该三十多岁了。1977年我们一起战斗过。"

"你们是同龄人。我母亲是三月出生的，你是十月。"

儒妈妈把手放在残疾的腿上，似乎产生了矛盾的想法。她心不在焉地把手放在左腿的膝盖上，反复揉搓，像是在爱抚，她说自己并不是要特意呵护这条腿。但她用力地揉捏没有逃过维多利亚的眼睛。儒妈妈推压着膝盖，不想说话。

"我母亲那年是三十三岁。"维多利亚说。

"我们一起在丛林里，直到发生了枪击事件我才和她失联。"

有人敲门。玛丽吉娜丝说晚餐已经准备好了。

"让孩子们先吃吧，我们待会儿下楼。"儒妈妈说。

"你还要继续讲吗？我知道你喜欢和孩子们一起吃饭。"

"不用担心，我吃红树果。"儒妈妈把盛红树果的塑料盘子递给维多利亚。

"为什么她叫炸药？"维多利亚再次问道。

"能摧毁一切。有人说在一场战役中,她曾独自灭掉半个排的敌人。这有点夸张,但她的确很有名气。"

"她肯定杀了很多敌人。"

"她是狙击手,有一把跟随她很多年的狙击枪,上面写着她姓名的首字母,任何人都不能碰它。"

儒妈妈停了下来,再次抚摸着她的膝盖。

"你觉得痛吗?我看你摸了好几次膝盖。"

"抱歉,这是风湿病。"

"战争虐待了妈妈。"维多利亚肯定道。她心中也有些好奇,但没有问任何问题。

"如果战争没有杀死她,她会经历更多。"

儒妈妈将话题绕回罗莎同志身上。

"并不是所有人都尊敬你妈妈。你知道,作为一个女人会遭遇什么吗?黑羚羊就是其中之一,他常常侮辱她。"

"可是,妇女们也同样参加战斗了。"维多利亚评论道。

"确实是这样,但男人们觉得我们低人一等。"

儒妈妈犹豫着要不要给维多利亚讲罗莎和黑羚羊之间的故事,最后决定讲出来,因为发生的事情是罗莎生活的一部分。于是她对维多利亚说:

"黑羚羊总是侮辱我们。有一天,你妈妈厌倦了,拿着枪要杀他。"

"他做什么了？"

"他想和你妈妈睡觉。"

维多利亚的头靠在床头上，带着不安的表情问道：

"发生什么事了？"

"你问谁？"

"我母亲。"

"她开枪打死了黑羚羊。我们需要通知军事基地。黑羚羊是我们的指挥官，我们不得不这样做。"

"后来呢？"

"黑羚羊的哥哥是基地司令，一怒之下命令我们杀了她。我们聚在一起商量，大多数人决定让她离开基地。不幸的是，有人给基地通风报信了，士兵们开始追捕她。"

"再后来呢？"

"再后来，我遇到你妈妈的时候，她对此事总是闭口不谈。"

儒妈妈没有说实话。她知道罗莎经历了什么。她认为现在还不该说。也许还太早。

维多利亚觉得口干，便用舌头润了润嘴唇。她的神情表明自己想停止谈话。儒妈妈明白了她的意思，便让她一起去吃饭。她拿起灯,走到走廊时又返回房间,把油灯交给维多利亚,然后锁上房门。她坐在床边上哭了起来。她哭了,就像过去在丛林里哭一样:在内心低声吟唱。

25

很快就发生了一件意想不到的事情:在没人注意的情况下,一个邻居突然闯进了生日宴会的现场。

她知道自己没有引起注意,于是站在宴会大厅的正中间。现在大家都看清楚了!一个穿着睡衣的女人,她摇着头,眼睛里充斥着恐惧,在大喊大叫,试图阻止宴会。女邻居捶胸顿足地大喊道:"着火了!着火了!儒妈妈的房子着火了!"

木质的百叶窗被烧得噼啪作响。大火燃烧得正旺,接着蔓延到房子的主体。火焰的高温炙烤着粉红色的水泥墙,让它像皮肤一样崩裂了。大火燃烧着一楼的主体,屋顶的碎片开始掉落,挂在屋顶的白炽灯也落在地上,就像火球留下的残骸。但并非全是如此,屋里其他更坚固的部件依旧悬挂着,困在空中,因脆弱的平衡被打破而不住地摇摆。

火焰透过窗户喷出来,就像一只巨大的凤凰挥舞着翅膀，然而，这只鸟被房子的墙壁禁锢了，火焰在里面不停地挣扎。房子不顾一切地抵抗着火焰的侵蚀，它仍然存在，但火贪婪而持久。

参加儒妈妈生日宴会的客人们赶到了，大家都拿起了水桶，一起努力扑灭这场火灾。不幸的是，火灾战胜了所有人的努力，火焰越来越大，浓烟越聚越多，没有人能够靠近它。

儒妈妈邀请的客人、邻居和那些好奇的人都成了残酷命运的围观者。他人的不幸引起了人们的关注。一名记者和一些摄影师出现了，但他们没有给予帮助，只做自己的工作：见证与记录。

尖叫声和哭声不绝于耳，还有人昏倒了。

儒丽亚娜的膝盖重重地跪在地上。她双手合十，用攥紧的拳头奋力击打自己。她反复地击打自己的身体。大地仿佛被感动了，出现了一些裂缝。血液、口水、眼泪和沉积物都融合在痛苦中。她一直拥有一百个女人的力量，或者超过一百个女人。这里所说的力量并不是物理学上的力量，而是超越物质的力量。现在，她的力量消失了。她很快就要死了，死于自杀。她并不是真的想自杀。她现在没有身体，也没有流动的血液，绝望使她变成了灰烬。在众人面前，她变成了一个鬼魂。

"哎，我可爱的孩子们！我亲爱的孩子们！啊，我要死了。"火焰无情地烧毁了她对生活的憧憬,慢慢把她带入了黑暗。

"上帝啊,拐杖断了。"玛丽吉娜丝说。拐杖指的并非物体本身,至少不是儒丽亚娜的木质拐杖。它躺在地上,上面布满了灰烬,但依然完整。

儒妈妈,一个在火灾中失去所有孩子的母亲。她再也不是儒妈妈,而是儒丽亚娜。

26

悲伤和痛苦是一种黑暗的露珠,它们坠落的时候,像刀一样划伤了儒丽亚娜的双眼。她几乎失明了。她不看对准自己的照相机,摄影师没有保持尊重她的距离,记录了她的内心。

在熊熊燃烧的火焰中,维多利亚昏了头,从一边跑到另一边,试图帮忙控制火势,或者帮助那些晕倒的人。屋里的孩子们已经被烧死了,人们不知道如何救她们。参加宴会的时候,儒妈妈为了安全把房门锁了起来。

现在再也听不到孩子们的声音了,不管是笑声还是哭声,但她感觉脖子的静脉在剧烈地跳动。她光着双脚在大地上行走。每天清晨,都有一些孩子光脚在售卖甘蔗的市场上跑来跑去。

对维多利亚来说,星期六的清晨开始得很早。儒妈妈敲她的房门时,还没到六点半。维多利亚没有立即认出她,她更像是另外一个人。她解释说自己化了妆,做了发型，穿上了色彩艳丽的服装。

她的嘴唇上涂着厚厚的红色唇膏，嘴像一个轮廓不明显的心脏，但缺乏实际的证明。一对小眼睛的眼皮上，用黑色的眉笔画了一条黑线，让人感觉她的眼睛被切开了一样。平日里，她的发辫会被一头鬈发代替。现在的新发型看起来像一顶灰色的皇冠，是她用小卷发器一点点制作的。

令维多利亚吃惊的是，儒妈妈穿着一条蓝色长裙，臀部像一个肉制的框架，形成一个巨大的轮廓，衬衫上的花式纽扣与身上的裙子搭配起来非常合适。

"早上好！在去市场之前，给我拍张照片吧。"

"生日快乐。你今天非常漂亮。"

"瞎说。"儒妈妈有些害羞。

"在哪里拍？"维多利亚问道。

"来吧，去我房间。"

拍照时，维多利亚试图把儒妈妈逗笑。她被逗乐的时候，努力克制着自己，害羞让她的嘴角微微向上翘。

维多利亚拍了几张照片，并给她看。

"不，不，哎呀！不行啊！"儒妈妈回答。

"这些都很漂亮！"维多利亚试图说服她。

"哎呀！不行不行。我看起来像大肚子的花生米。"她略带幽默地说，"战争的唯一好处是没有让我胖起来。"

"你要换一下其他姿势吗？也许，往前面站会好一些。"维多利亚建议。

儒妈妈坐在低矮的窗台上，觉得更加别扭了，不知道该如何摆放手脚。

一些小鸟停在窗户檐上吃面包屑。

晨雾是白色和淡蓝色的，与儒妈妈的蓝色裙子融为一体，让整个房间都染上了这种颜色。

儒妈妈拉直裙子的褶皱时，露出了她脚上穿着的皱巴巴的荷叶边凉鞋。维多利亚的相机没有拍摄到这一幕。

"你的求助信写好了吗？"她交叉双腿，并试图保持不动。

"我需要再慢慢想想，已经差不多了。"

"去寻找线索时，别忘了带上罗莎同志的照片。"儒妈妈双手叉腰，努力让自己显得自然些。

"不要动，模特必须保持静止。"维多利亚开玩笑说，并示范了几个动作，然后打开照相机闪光灯，后退两步，觉得找到了完美的角度。很好！儒妈妈站在窗边的照片构图完美。

她仅拍摄了一张，然后看着照相机取景框，激动地对儒妈妈说：

"这一张你肯定喜欢，看。"

"这是我吗？我现在有这么漂亮吗？"儒妈妈有

些不相信。

"你本来就很漂亮。"维多利亚说。

"我去换衣服,咱们一起去市场。"

在市场上,她们购买了宴会需要的东西。这是一个建于红土地上的市场,不同颜色的盆子放在地上,有胡萝卜、秋葵、洋葱、木薯、芭蕉、牛油果、甘蔗、红薯,还有一些维多利亚不认识,更叫不出名字的水果、菌类、叶子、树根和块茎。

儒妈妈买了几包白玉米粉和木薯粉。

当她说要为晚上的宴会准备餐饮时,一个女贩说:"没有木薯糊糊的宴会是不完整的。"

市场边和一些隐蔽处都有倒卖外汇的人,美金、宽扎均可,像暹罗猫一样"成双成对"地出现。

换汇的女贩们总是闭上嘴,但每当有人经过时,她们便会发出"吱……吱吱吱"的声音,同时搓着大拇指和食指,就像在空气中数钱一样。可以听到她们的口袋里硬币的声音,但那里根本没有硬币。

维多利亚和儒妈妈走在人群中,儒妈妈的拐杖成了控制和测量行走步伐的指挥棒。她们慢慢地走着,维多利亚喜欢走快一些,但不能把儒妈妈甩在后面。

"她没有死,对吗?"

"什么?"儒妈妈停下来,想听清楚维多利亚的问题。

"我的母亲,你的同志罗莎·希图拉,你觉得她死了吗?"

以前,她曾无数次思考过这个问题,甚至因此担心。这并不是新问题,只是维多利亚从来没有勇气问出来。没有人可以肯定地回答这问题。这其实已经不重要了。

"你要保持平常心。我确定她还活着,她一直很坚强。"儒妈妈坦率地说。

"她活着,却从未找过我们?从来没有想去看看我?"

拐杖又停了,儒妈妈扶着它,喘着气,看着与她擦肩而过的人群。随后,她鼓起勇气,看着维多利亚,说:

"每个伤口都会伤害拥有它的人。不要评判你的母亲,你要原谅她。"

"你腿上的伤疤是枪伤吗?"愤怒激发了维多利亚的恶念,她想找到自己讨厌母亲的原因。

"已经过去了。"

"你已经原谅让你受伤的人了吗?"

"没有什么不值得原谅。这很正常。"

一个搬运工背着一袋木炭,请求让他过去。谈话同样需要被允许,因此,话题被转移或遗忘,两个人都觉得不安,因为真相会造成更多的痛苦。

27

在生日宴会的前一天晚上,维多利亚和儒妈妈在聊天。当时,夜空布满闪烁的星星。平时早早入睡的村庄、马路和房屋,因为周五晚上的节奏失去了睡意。

儒妈妈回忆起与罗莎相遇的情形。

"直到她突然出现在我面前,我一直认为她已经死了。"

"你们什么时候重逢的?"

"大概在十一个月后,她当时藏在一个茅草屋里,过得很艰难。"

"你在执行任务?"维多利亚说。

"不。因为黑羚羊事件,我无法再忍受丛林了,于是设法离开前线战场,去帮助当地老百姓,给农民分发宣传手册、食物、衣服和药品。你无法想象,在那种条件下,一个生病的孕妇在茅屋里如何生活。"

"知道我父亲是谁吗?"

"我没有问过她,她也从未提起过。"

从窗外飘进来的音乐和声音融合到她们的谈话中。儒妈妈让维多利亚关上了所有百叶窗。当维多利亚重新坐下时,儒丽亚娜继续说:

"我会讲奥文本杜语,所以当地村民相信我。一个年迈的老太太向我求助。"

"帮助我母亲?"

"是的,当时我并不知道是她。老太太告诉我,她的一个侄女怀孕了,身体状况很差,需要药品。"

"她怎么了?"

"她大着肚子,发着高烧。如果……你们两个就会死在那里。"

"她认出你了?"

"是的,不过,她很害怕,想逃走。"

由于关了百叶窗,房间内十分昏暗。儒妈妈又点了一根蜡烛。

毫无征兆,儒丽亚娜的影子栩栩如生地投射在墙壁上。儒丽亚娜站起来,伸伸腰,抬起手,手指触到了眉毛。当时儒丽亚娜穿着军靴,因此双脚在旧木板踢出了声音。她带着坚定的信念,向罗莎立正:

"战士儒丽亚娜·迪然巴向罗莎·希图拉指挥官敬礼。"

回忆在她的眼中涌现。维多利亚被感动了,不过咬住嘴唇不让自己哭出来。喉咙里哽咽的声音像一只想要破茧成蝶的幼虫,在不停地挣扎。她警告幼虫,不能长出翅膀或流下眼泪。感觉到那个声音即将结束时,她才放弃沉默,问道:

"你为什么要这么做?"

"你母亲需要回忆起她曾经是多么有力量。如果她死了,你也会跟着她一起死。"

"谢谢你。"

"这是我唯一一次见她流眼泪。"

"她很痛苦吗?"

"天哪!太痛苦了。我看她已经无法再忍受了,实在太痛苦了。"

儒丽亚娜敞开自己的心扉,把故事讲了出来。维多利亚陪着她,两个人相互握住对方的手。儒丽亚娜遇到罗莎的时候,她已经怀孕六个月,但她的肚子十分小,像怀孕三个月的孕妇。是儒丽亚娜弄来的木薯叶子、木薯糊糊、棕榈果和干肉帮罗莎渡过了难关。茅屋里放着一些党派宣传页,罗莎把它们推到一边,好像它们根本不存在一样。儒丽亚娜对维多利亚隐藏了这段记忆与其他细节,没有讲出来。她认为,是否讲完所有的故事并不取决于她。

"你出生在草地上,是脚先出来的。"

儒丽亚娜的话模糊了她当时出生的场景,维多利亚感到一股微风吹过,双脚凉凉的,好像又产生了麻木的感觉……但并没有。

"风不是从嘴巴出来的……"

"什么风?"

"生活的风。出生后你哭了很久,老太太打了你一巴掌。"

"打屁股不会伤害任何人。"

两个人笑了起来。儒丽亚娜脸上的细小皱纹,随着笑容收缩或扩大。

"我出生时,眼睛就这样了吗?"维多利亚用两个手指指着自己眼睛,问。

"它们看起来有一点歪。"儒丽亚娜遗憾地说。

油灯微弱的灯光逐渐变暗,睡觉时间到了。儒丽亚娜继续说:

"后来,老太太在你的皮肤上抹上棕榈油和泥土,给你洗澡。当时,你像丛林里的一只老鼠,个头很小,很小。"说着,她把两只手合在一起,来模仿维多利亚刚出生时的样子。

"用杯子洗澡?"维多利亚问。

儒丽亚娜打了个呵欠,她请求原谅,然后问道:

"现在几点了？"

虽然灯光昏暗，维多利亚还是看清了时间。

"快午夜了。"

"明天六点半出门。六点我叫你起床。"

"瓦乌拉，谁给我取的名字。"

"那个老太太。"

"你觉得她还活着吗？"

"不，那时她已经很老了。她的皮肤很有光泽，很漂亮，在太阳下会反光。她应该经常涂抹棕榈油。她的白头发很短，她总是抱怨自己太忙，没有时间编头发。"

"编头发很费时间，"维多利亚指出，"还有其他的细节吗？"

"她抽很多烟。如果心情好，她会给你一根香烟，烟头快烧到嘴了她才会扔掉。"

几乎听不到音乐声了，夜晚开始让人感到疲倦。维多利亚注意到儒妈妈又打了几次哈欠，还看了看床铺，于是决定终止这场谈话。她站了起来。

"你去哪里？快坐下。"儒妈妈要求道，"我现在不困了，睡觉时间已经过去。"她用振奋的声音微笑着说，好像已经睡了一觉，疲惫地躺着，身上盖着被子，但又站起来坐回到椅子上。

"我的出生证明上，名字写的是维多利亚。谁给我取的这个名字？"

"我不知道。也许，是你的外公外婆。"

儒妈妈继续讲关于维多利亚的故事：

"一天上午，我回到茅屋，你们已经不在那里了，连老太太也不在了。我非常担心，很多茅屋都被烧了。八个月里，我没有你们的任何音讯。"

最终，屋子的煤油灯熄灭了。

"我打算出去找你们，但必须先找到老太太。可在战争年代，找人谈何容易。不过，我还是找到了。就在那时，我和你妈把你放在了你外公外婆家。"

"妈妈知道他们在哪里？"

"是的。"

维多利亚的沉默与别人不同。儒妈妈知道这一点，立刻后悔说了这话。她明白维多利亚没有说出来的话，觉得维多利亚不知情会更好，但她却告诉了维多利亚，所以感到十分愧疚，于是说：

"你妈妈非常爱你，她一直无微不至地照顾你。"

"真的吗？"

其实，儒妈妈从未看到罗莎精心照顾女儿，她似乎十分抗拒和厌恶这个女儿。

"真的，真的。我发誓。"儒妈妈在黑暗中寻找维多利亚的手，紧紧地握住它。

"我想找到妈妈。"

"我知道,亲爱的。你会找到她的。"她抚摸着维多利亚的手说。

一滴眼泪。一滴眼泪掉了下来,这是一滴掉落在黑暗中的眼泪。在黑暗里,没有任何人看见它。事实上,儒妈妈觉得她已经死过无数次了。她和鬼魂一起生活过,但她的灵魂从来没有死,也从未变老。

28

一个记者询问维多利亚：

"您是这里的人吗？您想对我们在葡萄牙的观众说几句话吗？"葡萄牙广播电视台的记者鲁易斯·杜瓦尔特伸出手向维多利亚问好。

她侧身看着他，空空地把手伸出去，等待被人握住。

"讲什么呢？你不是已经把所有的不幸都记录下来了吗？"维多利亚苛刻地说。

"啊！您是葡萄牙人？"记者听到她的口音后很惊讶。

维多利亚想绕开话题，但又不能那么没有教养。于是她深呼吸了一口，思考了一会儿说：

"是的。我想说我是……我出生在这里，但在葡萄牙长大……不，不是……"

"不是？是？到底是还是不是？"记者皱起眉头疑惑地问。

"我不想接受电视台的采访。"维多利亚抬起手，婉拒了记者的要求。

狡猾且经验丰富的记者叹息道：

"真可惜。我相信，对于您讲的故事，葡萄牙民众能够给予帮助。我们两国是好兄弟。"

"真的吗？"维多利亚依旧侧身看着他。

"很有可能。"

记者抛出的诱饵钓到维多利亚了，她同意在摄像机前接受访问。

第二天，维多利亚去参加葬礼，收集未被火烧掉的木头，这些木头将被制作成棺材。她感觉到它们的温热，周围有孩子们心脏跳动的声音。也许，她们还活着。这一切都是幻想。孩子们已经没有生命体征。房子前面的街道被封了，变成了可以供人休息的场地。孩子们的遗体就放在那条大街上。女人们轮流在棺材旁哭泣和祈祷，另一些人则去拿宴会剩下的食物和饮料。儒丽亚娜坐在凳子上喝玉米酒，维多利亚一直陪在她身边。

"你听，至高的神灵不喜欢黑人，"儒丽亚娜打破沉默，"他同样也不喜欢我。上帝啊，你为什么给予我这么残酷的惩罚？为什么？为什么？"

维多利亚听到她的话，过去拥抱着她，然后往两个杯子倒满酒。她觉得儒丽亚娜现在很脆弱。

天黑了。夜幕笼罩着整条街道。一群老人走了过来，手中拿着点燃的蜡烛，一个接一个地往前走。他们排成一行，用脚打着节拍，并吟唱着祈祷词。他们打着巴图克鼓，紧跟着音乐的节奏。儒丽亚娜脱掉鞋子站起来，玛丽吉娜丝看到后立刻想过来帮助她，但儒丽亚娜让她到角落里，和老人们一起哭丧。

儒丽亚娜走路时摇晃着屁股，腰带上的钥匙跟着她一起摆动，发出的声音与人们乏味的掌声和强烈的鼓声混合在一起。蓬勃生长的乌木树上落满了尘土。它们好像被地面张开的大嘴吹到高处，一切都变成尘埃。风力增强，灰尘被吹得更高，高到可以够得着星星。

"再见了。"儒丽亚娜哭泣着说。大家都在哀叹。死者与生者同在。他们跳着舞，晃着脚，低声哭泣。巫医智慧地安慰大家，他笑着大声喊道："逝者，重生与复活。然后，新生命，再次相遇。"

维多利亚的眼睛里饱含的泪水，一滴一滴地从眼角流下来。

葬礼持续了两天。做完弥撒后，生活不再继续，停滞了。连接房子与儒丽亚娜的脐带被切断了，她播种了死亡。

没有家，因为"缺少"女人。儒丽亚娜闭上了自己的双眼和灵魂。她无法在心里接纳与她一样饱受折磨的人。除了玛丽吉娜丝和南敦杜,家里的其他女人都要离开。儒丽亚娜觉得自己不再需要思考,也不再需要用语言表达内心的感受。

认为语言可以解释一切的观点无疑是错误的。通常,理解是需要不言而喻的。如果儒丽亚娜拥有惊人的表达能力,也许,她就会说出一切,但在和平时期,她不应该记住战争时期的不幸。

佩德罗,维多利亚给他带鱼干的那个人,卡贝图拉的儿子、小公共汽车的主人,他甚至没有出席葬礼。玛丽吉娜丝发现他不在。佩德罗比任何人都更早离开儒妈妈的生日宴会,但直到现在都下落不明,也不知道他的车子在哪里。

玛丽吉娜丝并不感到遗憾。葬礼期间,她和两个美女在一起。佩德罗在她们之间挑选她的概率很小。维多利亚听着她们三个人交谈,她们怀疑这一切都是佩德罗的巫术,可能是他点燃火堆的。他可能是黑巫师,玛丽吉娜丝认为他对另一个女人也做过同样的事。

"谢天谢地,别让他再继续迷惑人了。"南敦杜带着理性和激昂的声音说。

即便如此,怀疑就像一只跳蚤,潜伏在她的耳朵后面。在此之前,家里没有发生火灾的任何征兆。可能是其中一盏油灯或者一支没有熄灭的蜡烛。所以,最好不要讨论，也许，这样可以避免让他最终被定罪。维多利亚不再费心去寻找火灾的起因，正如儒丽亚娜经历过的事情一样，一切都不重要了。她没有带任何人回来过。

29

10月10日晚上，一轮明月，维多利亚第十五次给母亲写信。她找不到可以表达爱的词汇。那些曾经在她的记忆中自由绽放的词汇，现在消失了。期待，她期待会出现符合自己感觉的词语，那些词语不会是造作的或重复使用的。她想要新的语言，只给她母亲的语言，但抵达她内心深处的却是一个拥抱的画面，或者是她的那个拥抱，拥抱像括号一样被忽略并保持沉默。她想知道为什么母亲回来后又失踪了。

她无法用一股令人厌烦的酸味来定义这种内在的感情。在那里，她不能使用蓝笔做标记，不能装订和涂改。

纸张是从一个笔记本上撕下来的。笔记本的封面仔细地用包装纸封好，纸是黄色的，装饰着迪士尼人物的头像。收到笔记本时，维多利亚立即认出了它们，她笑了起来。它们是高飞、布鲁托、唐老鸭和米奇。

自从来到安哥拉，她对无意中发生的事情感到十分惊讶，因为这些奇怪的事情仿佛来自另一个世界。比如，妮维雅牌润肤露和标注着英文的时尚杂志。有一次，她看到街上有人销售彩色的古龙香水，而这并不是生活必需品。

维多利亚的注意力回到笔记本上，她翻开本子，内页是方格子的。她注意到大部分页面的页角光滑而整洁，之前经常出现的深折痕消失了。也许，卷曲的末端已经被熨烫平整，所以它们看起来很整洁。

她并不是这本笔记本的原主人，封面的内侧工整地写着一个名字：杜伊娜。

杜伊娜这个名字周围围绕着一圈小花，用绿色的钢笔绘成。在大圆圈里有小圆圈，它们形成花瓣，像一朵朵小万寿菊。

杜伊娜在笔记本上做计算、抄写和听写，有时，也画画。杜伊娜的笔迹优美，对艺术也有天赋。

维多利亚从笔记本里撕了一页纸，她不想直接在笔记本上写，不想把自己的文字留在杜伊娜的笔记本上。她可以保护笔记本，却不能占有它。笔记本已经名花有主，她很坚难地从笔记本上撕下被铁环卡住的纸张，纸张的小孔大小不一。维多利亚试图去除纸张的边缘，让撕下的纸张不再翘起，但失败了。

一到星期一，维多利亚就拿着这封信上路了。寻找失踪人员的办公室是临时设立的，也就是在教堂附近搭建了一顶白色的帐篷，距离儒丽亚娜家大约十公里。维多利亚在九点前到达那里，但前面有二十多人毫无秩序地排着队。帐篷还是关着的。排队的时候，人们相互交流信息，谁找谁，有的找父母，有的找兄弟姐妹、表哥表姐或者朋友。九点半左右，三个年轻小伙子到了办公地点，身上穿着该组织的马甲，打开帐篷。两个小伙子走进去，第三个小伙子站在门口组织大家排队。队伍排整齐之后，第一批到达的人开始进去。

维多利亚已经在那里等了足足三个小时，被工作人员拦在门口。他们并没有让她进去。帐篷的入口处，用绳子挂起一个白色牌子，上面写着"午餐时间"。有人离开了队伍。维多利亚依旧排着队。牌子被取走时已经是下午四点零六分，维多利亚走进帐篷。

每张办公桌前都有一个办事员，他们先记下来访者的姓名、出生日期、电话号码、住址、被寻人的姓名和亲属关系，随后是排队拿号。523，维多利亚的号码。她拿着号码到第一张办公桌前。

"请出示你的号码。"第二张桌子的办事员说。

"523。"维多利亚答道。

"我需要你的纸质号码，请坐在那里。"他指着旁边的白色塑料凳子。

维多利亚坐下来，等待办事员写完他想写的东西。

"请问，你有什么信息、书信、照片或者文件可以帮助我们找到她吗？……"他向前伸出身子等待回答。事实上，他刚刚问完一个问题。

"我母亲叫罗莎·希图拉·格鲁斯·达丰塞卡。"

"请问，你有可以帮我们找到她的更多信息吗？"

维多利亚说了能让他帮助寻找自己母亲的所有信息。与此同时，一直说"请"的先生还在一张写着"523"的白纸上记录着相关的信息。

维多利亚把书信和母亲的照片递给他，以便复印。

"请把日期、地点和今天的时间写上去。"对方递过一支笔。

万博，星期一，2003年10月20日。

维多利亚写下了这些信息。她交出的信并没有达到对方的期望。这不是一张用特殊纸张书写的信，笔迹也不漂亮。

她走出帐篷。一个个疑问串联起来，生长并形成思想的漩涡。她不知道自己接下来要做什么，继续在万博停留几个月，还是返回罗安达？她觉得自己就像泽·玛利亚，葡萄牙已经不是她的归属地。

她变了，已经不再是以前的她了。

黄昏，当神秘的月亮装饰着天空时，维多利亚躺在军用简易床上。她打开蚊帐,躺了进去,肚子空空的,脑子里却装满琐碎的事情。

她伸伸腰,蜷缩起身子。

她闭上眼睛,想象自己站在安哥拉万博的帐篷外面。讽刺的是,她不知道自己该去哪里,因此,她让自己在一座被烧毁的房子的瓦砾上盘桓,仿佛在两个生命之间游走。对她来说,生活变得更加艰难了。

想要宁静的夜晚,却得到残酷的惩罚和噩梦。在梦中,她看见儒丽亚娜背着一个孩子,孩子蜷缩着身体,非常瘦小,以至于滑出布袋子,滑落在坚硬的土地上。孩子的小手像刀刃般搅动大地,释放着自己的能量。她们泪流满面。维多利亚挖了一个深洞,把自己埋在里面。她是一粒埋在土里、等待发芽的种子。她觉得自己快要窒息了,尖叫着惊醒了。

她不是唯一醒来的人。尖叫声惊醒了周围的所有人,但没人说话或走动。

天破晓时,维多利亚才睡着。

30

晚上十一点左右,儒丽亚娜叫醒维多利亚。她睡不着。

"你坐在地上,挨着我的双脚。他们对我说你脑子里有负担。"

"我有负担?什么负担?"

"干草一样的头发会让你做噩梦。"

"我不知道自己为什么会弄这个发型,也不知道该如何处理它。"

"它也不知道该如何与你相处。坐下吧,让每一根头发都安静下来。"

儒丽亚娜轻轻抚摸着维多利亚的头,在一堆乱发中寻找扎头发的头绳,并花了很长时间琢磨如何分开它们。

"你的头发马上要成为老鼠窝了。"她小声地笑起来,不想让维多利亚感到伤心。她把油抹在头发上,低声吟唱着歌谣。

"小时候……当然，我曾经也是小孩，你知道吗？我母亲给我扎辫子的时候也会唱歌。我非常喜欢听，因为可以减轻扎辫子的疼痛。"维多利亚没有意识到，儒丽亚娜用梳子用力地给她扎辫子。

"哎哟！"维多利亚叫起来，"不要这样梳，我很痛。"她用一只手拽住辫子。

"拉扯和挤压可以刺激头发，能让头发长得更快、更结实。"儒丽亚娜开玩笑说。

维多利亚已经能听懂她说的话了。无论什么句子，通常都有双重的含义，至少维多利亚是这么认为的。儒丽亚娜用自己的方式来表达生活中的苦难的好处。

儒丽亚娜继续唱着歌。

维多利亚的头发虽然短，但用来扎成两条辫子也足够了。这时，无声的泪水滑过她的眼角。维多利亚把脸放在儒丽亚娜的膝盖上，一滴滴眼泪在受伤的膝盖上寻找新的方向。

"不要放弃，我们不能自暴自弃。"

"生活太难了。"

"我们一起唱歌。"

头发已经扎好，眼泪也消失了。

几个星期过去了，十一月来了。依旧没有罗莎的任何消息，日子过得一天比一天缓慢。

上午，维多利亚通常很忙，因为要帮忙修建房子，那里能用的材料很少，而能在空闲时间提供帮助的人什么时候能来也不确定。此处，她还要去忙自己的事。慢慢地，传来食物烧熟的气味。午饭之后，她会去教堂。

她帮助神甫准备弥撒，清洁圣坛，辅导孩子们祈祷，等待指示、信息，或者签到。她要在教堂帮忙大约三个小时。每天如此，从不间断。

31

当神甫把她叫到圣器室时,一阵东风夹带着沙子吹进教堂里。"有电话找你。"给维多利亚打电话的人是艾丽莎外婆。

她的丈夫,安东尼奥·格鲁斯·达丰塞卡,在心脏病发作后的第三十天上午去世了。此前,外婆什么也没有说,以免让她担心、分神。安东尼奥是在电视上看到她时心脏病发作的。"不要对维多利亚说,否则她会感到内疚的。"

报道在八点档的新闻节目中播出,当时安东尼奥、艾丽莎和弗兰西斯卡在一起吃晚饭。安东尼奥听到鲁易斯·杜瓦尔特采访的声音,还听到了外孙女的声音。他努力从餐盘上抬起头,但残酷的画面一次、两次、三次,无休止地击打着他的心脏。

他发现自己怀疑的事情已经得到证实。外婆和姨妈也同样吃惊。电视上的她头发蓬松,皮肤黝黑,满脸汗水，完全不像维多利亚，但又确实是她，她的全名赫然出现在电视屏幕上。艾丽莎告诉外孙女，一周前安东尼奥便无法进食了，吞咽和呼吸都让他痛苦不堪，只能用浸湿的海绵给他补水。

安东尼奥感到死亡将近，之前他总觉得双脚冰冷，现在没有感觉了。有时他会感到疼，有时却没有任何知觉。他总是让房间保持黑暗，就好像双眼已经适应没有阳光的日子。

去世的那天，他幻想着起床，仿佛回到了席尔瓦波尔图。他让艾丽莎叫来巫医和神甫，还补充说比娜女士必须熨烫好他的白色西服，擦亮他的英式皮鞋。艾丽莎没有回答，她知道丈夫正在为他自己的死亡做准备。

艾丽莎给神甫打电话之前，回到自己的房间，穿上放在床上的裙子和黑色上衣。衣服已经清洗熨烫好了。她叫醒女儿弗兰西斯卡，让她到花园里摘些草和植物给父亲洗澡。

然后，她拿起电话本，用红笔标出一些号码，走到电话机旁，给神甫打电话，给自己的兄弟和朋友们打电话，让他们知道安东尼奥·格鲁斯·达丰塞卡快要死了。

当她回到安东尼奥的房间时，弗兰西斯卡握着父亲的手。她将支撑即将来临的空虚生活。

奇怪的是，安东尼奥的双眼始终睁得大大的，没有戴眼镜，好像已经枯萎，不过依旧很明亮，但没有一点儿生命气息。太阳的光芒不会再让他感到不舒服了，安东尼奥仿佛已经宣布葬礼开始。

有时，他嘴巴里会吐出强烈的气息和嘶哑的声音，看起来像是要窒息了一样。艾丽莎时不时抚摸着他的脉搏，想感觉它是否还在跳动。有时，安东尼奥双眼圆睁，身体间歇性地抽搐，好像被电击一样。

艾丽莎接过弗兰西斯卡送来的热水后，把草放进热水，又请弗兰西斯卡离开房间。她把房门锁上，打开窗帘和窗户，坐在木椅上，凝视着奄奄一息的丈夫。

痛苦的安东尼奥告诉她，不需要再爱他了。艾丽莎让他不要说话。他闭上双眼，想起两人的快乐时光。她脱掉鞋子，然后脱去袜子，最后脱去衣服和内衣，取下头绳，轻轻一动，白色顺滑的头发便落在她已经干瘪下垂的乳房上。

浓密的头发不失性感，她走近安东尼奥，脱下他身上的衣服，把棕榈油倒在手上，给丈夫的身体关节上油。她已经感觉到丈夫全身开始僵硬，使用双手使劲揉搓，让它发热，把温暖的双手放在丈夫睁开的眼睛上。然后，她再次把双手捂热，放在安东尼奥的脸上，用力按摩他左侧的胸部。

安东尼奥似乎向她眨了眨眼。她把水盆放在床上，试了一下水温。这次，她没有用海绵清洗丈夫的身体，而是用双手做成贝壳状，捧了一些水，洒到安东尼奥的胸膛上，然后双手迅速按摩他的皮肤。安东尼奥瘦弱的身体上布满了不规则的黑色线条。

艾丽莎给他按摩后，他的皮肤变得更黑了，仿佛吸收花朵生命的水把自己变成了蓝色。按摩肌肉时，她坐在丈夫身旁，抓住他的手，感到他的手指轻轻地按压着她的手掌。于是，她把自己的另一只手轻轻地放在他的脸颊上，尽管他脸上的胡子很多，但她依旧能感觉到他脸上的沟纹。

两人彼此对视，以无声的方式交换着信任。双唇相贴，沉浸在吻里。当艾丽莎抬头时，安东尼奥已经失去了握住艾丽莎双手的力量。他走了，微笑着离开的。妻子帮他闭上了眼睛，然后站起来，拿着梳子帮她的男人梳理头发和胡子。

她再次坐在椅子上，有好几秒钟都静止不动。她闭上眼睛深呼吸，安东尼奥的气息还停留在这个房间里。正午的阳光照在清洗过的黑乎乎的身体上，把他装饰得耀眼夺目。一具瘦削的身躯，肚子鼓鼓的，脸上布满黑胡子，与浓密的黑眉毛呼应。

艾丽莎站起身。

她打开床单,盖在安东尼奥的身上。

这是他们新婚之夜的床单。艾丽莎就是在这上面度过了初夜。

32

11月11日,安哥拉国家独立日,星期二,放假。维多利亚、儒丽亚娜、玛丽吉娜丝和南敦杜在太阳升起的时候就出门了。玛丽吉娜丝负责开车。她们坐车一路向西。

儒丽亚娜想去圣母山教堂,但大家都觉得她的想法有些不切实际,因为没有人知道教堂的具体地点。不过,她们依旧要去,而且信心满满。早晨的大雾静静地落在高原上,保护着这片土地。只有非常了解该地区的人,才能找到前往卡阿拉圣母山的道路。

那是早上六点半,太阳开始使空气变暖,慢慢地,各种绿色植物都被它唤醒。草原赤裸裸地暴露在阳光下,展示出真实的自己:欢快、广阔、生机勃发。

玛丽吉娜丝和南敦杜开心地唱着歌,试图摆脱一旁儒丽亚娜絮叨的传教。维多利亚陪着她们打节拍,努力让自己保持兴奋。昨晚,像其他许多夜晚一样,她一夜未眠。悔恨让她睡不着觉,并不是因为错过外公的葬礼,而是她做出了一个未经思考的决定——她不想再回葡萄牙了，她已经不属于那里，也没有勇气再回去了。她想象着那些谴责她逃婚的人，还有他们犀利的眼神和语言。

她梦见了外公，这让她感到非常悲伤和愧疚。她不应该抛弃他，她也不配。她做了母亲对他做过的事情，重复了母亲的错误。也许，她和母亲并没有什么不同，在道德上，她们母女都背叛了外公和他的爱。

不得不说，规律的生活会轻松很多，毕业、找工作、结婚生子。但焦虑、躁动和无助会让女人在她们的命运中又迈出一步，反其道而行之。

而且，那个声音在她的耳边回响很久了。风在一个空旷的地方振动。放弃。她想结束这一切。她必须要找到母亲。

接近姆班热拉山时，玛丽吉娜丝放慢车速，熄了火，拔出车钥匙，建议大家沿着台阶前行。女人们就应该这样，每走一步心中都要有信仰，就像儒丽亚娜信任她的土地一样。从山下往上看，教堂像一个飘浮在空中的灰色废墟。让维多利亚惊讶的是，教堂的钟楼依旧存在，但大钟已经不在了。

当她们走近通往教堂的台阶时，儒丽亚娜要求大家跟在她身后，爬一段休息一下。她们排好队伍。维多利亚排在队伍的最后。她们慢慢地往上爬。

台阶上方杂草丛生，仿佛在告诉儒丽亚娜不要再继续前行。她坐在台阶上休息，安静地看着前方的地平线。她的眼睛睁得很大，人跟随着记忆运动：向上爬，然后向左，晃着身体回头往下走，接着再往相反的方向爬。这些话好像出自儒丽亚娜之口。她们在聊关于高原的记忆。也许，她们彼此了解。与此同时，玛丽吉娜丝和南敦杜跪在地上祈祷。

　　维多利亚用相机为她们照相。远处有两块巨大的石头，看上去像两个人的身体交织在一起。她们的目光充满希望，睁开双眼便是放飞梦想。

　　烈日开始让人们头晕，该回到汽车上去了。上车后，她们朝万博驶去。这一天剩下的时间，她们去参加了独立日聚会，在演讲中留下希望，用微笑来鼓励自己。

33

日子一天天过去,已经接近十二月了。维多利亚再一次来到帮人寻亲的工作站,询问是否有关于她母亲的消息。

没有新消息。因为有很多人在寻亲,很抱歉。

维多利亚怀着愤怒和沮丧,想发出怒吼。她快步走出去,带着愤怒的手势离开了帐篷,甚至没有注意到自己推搡到门卫了。

听到一个男人在呼喊她的名字时,她正激动地走在人群中。她转身环顾四周,看见佩德罗正驾驶着一辆小汽车。他焕然一新,好像以前的他已经不存在了,看起来像个风尘仆仆的老板,蓝色的T恤,绿色条纹的裤子,还戴着一副飞行员那样的大墨镜。

"你好吗?我刚好路过此地,看见了你。"

"你好,我挺好的。你在这里做什么?"维多利亚试图缓解紧张情绪,但佩德罗的问题让她更加紧张:她想知道他是如何在人群中发现她的。

佩德罗重复说:"我路过这里,看到了你。"随后,他抛出几个问题:

"你去找母亲吗?办事员们怎么说?"

维多利亚不记得自己曾告诉过佩德罗她找母亲的事情。但对于佩德罗来说,这很容易知道,这不是秘密。维多利亚决定撒谎:

"他们说还需要更多的信息。"

相遇并非偶然,佩德罗并不是独自一个人,一个头小得不成比例的俄罗斯混血儿陪在他身边,那人的身体非常肥胖,显得T恤和裤子又紧又短。

"这是我的副手。"佩德罗介绍说。

"下午好。"维多利亚说,她不去看他脖子上突出的伤疤,那伤疤厚厚的,看起来好像一条肉瘤。

佩德罗在他的后脑勺上拍了一下。

"傻小子,见到人不知道问好吗?"

维多利亚被佩德罗粗鲁的举动吓坏了,想避开他们。

"对不起,女士。下午好。"被斥责的副手急忙向她问好。

"我现在要回家了,儒妈妈还在家里等我。"

"维多利亚,你放心吧,不用着急。我开车送你回去。"

"不必了。"

"走吧。我有新车,我刚去过本格拉省。"

佩德罗替维多利亚打开车门。她坐在车子的后排座位上,副手开车。以前开小公共汽车的佩德罗不再谦卑。"时间就这样飞逝""谁能看到它,谁又能听到它",玛丽吉娜丝的话影响了维多利亚,佩德罗好像一夜暴富了。

"维多利亚,你在看什么?你怕我是坏人?你让我很吃惊。"

维多利亚从后视镜里看到,两人在用眼神交流。他们的目光在传递信息。她想避免不好的预兆。奇怪的是,佩德罗突然沉默了。这种沉默好像另有目的。车子的收音机关了,只听到发动机的轰鸣声。

大约行驶了六公里,寂静像一台液压机压迫着汽车,让维多利亚脑袋生疼。她想知道,佩德罗到底想对她做什么。

"我们去兜个圈。"当车子快到儒丽亚娜家里时,佩德罗说。

"兜圈?请你把我送回家。"

"没事儿,我们不会耽误很久。我去办件小事,很快。"

佩德罗命令副手在前面左转,然后沿着道路直行,驶进一个村子。

维多利亚双腿发抖,想找机会下车,但双腿没有力气。她感觉肋骨压迫着自己的胸部,觉得缺氧,于是把头靠在车窗上,闭上眼睛试图让自己安静下来。

车子停了。维多利亚睁开双眼,外边风景已经改变,车子停在一个小型的广场上。很快,佩德罗下了车。

"下车活动一下腿脚。"副手敲了三下车窗,说。

一些孩子跑了过来,副手让他们离开。他们不停地拍着车子,或者在车子后视镜前做鬼脸,嚷着要让车子放音乐。

"车子有问题。等一会儿,等一会儿。"副手敷衍道。最后,维多利亚终于下了车。

"佩德罗去哪里了?"

"他去找维修工,马上回来!"

十分钟过去,佩德罗出现了,带来一个维修工,手上拿着三罐啤酒,一瓶给维多利亚,另一瓶给副手。孩子们围着佩德罗,问他要饮料。副手让孩子们跟着他到附近的商店。混乱过后,佩德罗专注地看着维多利亚。

"说说寻找你母亲的情况。"

"已经说过了,没有什么可以再说的,我会继续找。"

"既然这样,你可以留在这里传播你的美丽。"佩德罗边说边用手搂住维多利亚的腰。维多利亚急忙挣脱,但撞上了车子。

"如果你愿意,可以带你去市内转一圈,去看看……"

维修工关闭汽车引擎盖的声音分散了佩德罗的注意力,维多利亚借机躲开。维修工擦擦手,挨着佩德罗,听着发动机的声音。听完后,佩德罗好像忘记了维多利亚。他从车里出来,与维修工告别,然后去找副手。当他们返回的时候,黄昏已经降临,天色变暗了。

孩子们回来之后,再次要求车子播放音乐。佩德罗答应了。副手打开收音机,调大音量。

孩子们大笑着抽动身体,以跟上音乐的节奏。他们轮流在圆圈内跳舞,捂着屁股,不停地展示胳膊和双腿的最佳乐感,互相比舞。第三首歌曲过后,娱乐结束。佩德罗关了收音机,并选出舞蹈冠军。孩子们抱怨起来,对获胜者发出嘘声。

现在是佩德罗开车。他比较健谈,对火灾中丧生的孩子感到遗憾,想知道大火是从何时开始燃烧的。维多利亚用儒丽亚娜的一句话回答他:"这些都不重要了,孩子们已经回不来了。"

尽管缺少灯光,维多利亚依旧认出车子开进了儒丽亚娜所在的村子。佩德罗没有进门向儒丽亚娜打招呼,说自己有个工作会议,快要迟到了,改天再来拜访。维多利亚没有多问,立即打开车门。佩德罗要她等一下,

车门开着,维多利亚停了下来。佩德罗从车子的手提箱里拿出一个信封,对她说:

"把它交给儒妈妈,这可以帮她重建房子。"

接过信封时,维多利亚立即闻出了信封散发的香水味。信封里隐藏着一个秘密,她把信封贴近自己的鼻子,手上的汗水流到信封上。她知道它来自哪儿:这是将军送的礼物。

"好的。"维多利亚接过信封,车子便开走了。

维多利亚把信封交给儒妈妈,但对将军的事只字未提。儒丽亚娜请她清点钱数,并告诉她金额。

"总共是二十张一百美元新钞票。"维多利亚当面数完钱后,告诉儒丽亚娜。

"这些钱不是佩德罗的。"维多利亚提醒说。

儒丽亚娜没有回答,维多利亚欲言又止。儒妈妈强调说:

"我不能收这些钱。"

"我们需要它。"

"总有一天他们会向我们收取更多的费用。"

"可以慢慢还,我们需要过日子。一切都要付出代价。"

儒丽亚娜伸手接过信封,犹豫着,把它藏在衬衣里,放在胸前,然后又把信封拿给维多利亚:

"你抽出一张,给那个办事员。他可以帮你尽快找到母亲。"

维多利亚毫不犹豫地抽出一张百元美金,第二天就把钱给了穿马甲的办事员。那个小伙子向她保证,如果有消息,会第一时间到教堂通知她。

34

时间一天天过去。令人绝望的等待。时间是破碎的,没有任何东西或者任何人可以留住流逝的时间,这让人感到空虚。

如果不是神甫把圣诞马槽盒子递给维多利亚,她不会记得降临节的到来。对她来说,把圣诞节与明媚的阳光和新衣服联系在一起是奇怪的。而且,没有灯光和装饰又算什么节日呢?这与她记忆中的节日完全不相符。

维多利亚意识到自己被儿时的记忆所控制。即便如此,她还是喜欢想象与母亲一起过圣诞节的场景。她喜欢在睡觉时编造晚餐的细节,旧时幼稚的欲望给了她勇气,尽管它在白天不断地抽打着她。维多利亚明白,被人抛弃的伤口永远无法弥合。她需要学会和它生活在一起。这是一个永远不会停止发痒的伤疤。

十二月是教堂最忙的时候。维多利亚陪着神甫访问因为战争而流离失所的难民,他们中仍有数百人依旧不知道自己该去哪里，或者应该怎么去。传教士们支持国家做人口普查工作，同时也没有忘记传播福音。

维多利亚特别留意着所有的女人，特别是长相与自己的母亲相似的女人，但她看到的女人都已被战争摧残得憔悴不堪。

冬至，也就是平安夜的前两天，佩德罗来看望儒丽亚娜。谁见到他都会说，他还是那副厚颜无耻的样子，嬉皮笑脸。他说话失之偏颇，却不觉得尴尬。儒丽亚娜既不询问也不觉得诧异，显得无动于衷。玛丽吉娜丝和南敦杜也没有给佩德罗好脸色看。

维多利亚回来了，走到一旁坐下。佩德罗不停地骚扰她。直到临街的大门砰的一声关上时，维多利亚才去找她们。玛丽吉娜丝抱怨说："喂！你真的要让那个恶魔回到我们身边吗？"

"他一直在我们中间，并不是我们看不到他他就会消失。"

维多利亚的手上拿着一个信封。

维多利亚想跟玛丽吉娜丝说话时，后者正在准备生火做烤鸡。

维多利亚问她："你不是喜欢佩德罗吗？"

"我什么时候喜欢过他？"玛丽吉娜丝答道，继续添加木炭。

"我也不喜欢他。"

维多利亚的话足以让玛丽吉娜丝停下手头的工作,发表一通议论。她站起身,充满愤怒地说:

"我觉得他在伪装。"

"这么长时间他去哪里了?"

"他在罗安达,他的父亲去世了。"

"真可怜。"

"我觉得他在撒谎。有人告诉我,他们开车带着几个女的去了本格拉省。"玛丽吉娜丝愤怒地说,然后回到烧烤炉旁,点燃熄灭的炭火。

"给儒丽亚娜的信是怎么回事?"维多利亚问道。

"罗安达的一位将军寄来的。"

"你知道将军的名字吗?"

"不知道,我觉得儒丽亚娜认识他,也许是以前打仗时认识的。"

"你需要帮助吗?"维多利亚蹲下来问道。

"你知道如何生火?"玛丽吉娜丝说着做了一个手势,让维多利亚走开。

维多利亚不想在没有证据的情况下做出指控,她可以确定,佩德罗在为扎卡里亚斯·文杜将军工作。她起初不相信自己身边发生的一切,想知道将军为什么要帮助她,儒丽亚娜又是如何认识将军的,他又为什么要给她寄钱。

现在,她沉默了。

圣诞晚餐简单而悲伤,如果不是因为外面有恐怖的枪声,平安夜将是一个普通的星期三夜晚。维多利亚主动邀请儒丽亚娜、玛丽吉娜丝和南敦杜一起跳舞。

35

一月份,密布的乌云赶走了太阳,在没有任何预兆的情况带来了更多的雨水。大雨填满河流,让空气变得更加潮湿。儒丽亚娜用将军的钱已修复了房子的一楼,现在可以住了。

维多利亚开始害怕佩德罗的助手,那人现在无处不在。她并没有感到被跟踪,奇怪的是她在曾经去过和一些不常去的地方多次看到过他。

令人害怕的是,她可能不是第一个找到母亲的人。也许,母亲再也不会出现,她已经有了新的生活,有其他孩子和家人需要照顾。那她就应该放弃,因为她在试图找到一个不想被找到的人。她意识到自己陷入了巨大的困境。

明白了这个新的事实,她感到自己被击倒了。她不愿意接受,因为现在还不是放弃的时候。她不想痛苦地等待。就像重建一所房子,她也要重建自己的生活。

她可以到其他省份为非政府机构工作，热奥尔吉娜有关系，可以帮助她。她不想继续留在这里，而且，这里也不是她的家。

日子一天天过去，没有波折，也没有预兆，一切都在改变。与往常一样，神甫在教堂门口等她，伸着脖子期待地望着，不停地扶着眼镜，试图看清维多利亚是否在赶来的路上。最后他等不及了，开始沿着维多利亚来的道路往前走。

就这样，维多利亚看到神甫在空中挥舞着一封信。她的心开始猛烈地跳动。她复活了，沸腾的血液让她重焕青春，她像箭一样向前冲去，气喘吁吁地站在神甫面前，差点摔倒在地。

"是我的信，对吗？"

"今天办事员交给我的。"

维多利亚颤抖着接过信。她的名字用大写字母拼写，没有加重音符号。她认识那个倾斜的、有棱角的字体，书写的力度很大。她知道，这是母亲的信。

她决定不在神甫旁边打开信。她想拆开信封，凝视每个字，抚摸信纸。这是她和母亲亲密的时刻，不能被别的好奇者偷走。这是她和母亲之间的秘密，不属于任何一个人。她来到榕树下，坐在地上。

这是一封长信，信里却没有对维多利亚说抱歉和重逢，相反，信里全是愚蠢的理由：仇恨、愤怒和无情。这是一封自私的信，没有任何高尚的文字。

眼泪流了下来。维多利亚感觉自己的生命中净是无用的痛苦，悲伤令人感到厌恶，现在对她是一种惩罚。她试图让自己相信这是一个报复，不知如何面对。她合上信，把信放进信封，然后走进教堂。

她去找扫把和抹布，开始日常的打扫。可是，她做不到。刚刚读到的文字像铁丝网一样，紧紧地扭曲、撕裂着她的胃。她为母亲感到伤心，她想抱住母亲，爱抚她，直到她慢慢地睡去，不让她回想起强奸她的男人和文杜将军在折磨她时吟诵的病态诗歌。

维多利亚感觉身边所有的人都背叛了她。母亲不想跟她见面，她从来都没有想过要这个女儿。

在教堂里，维多利亚待在一个角落里，坐在地上，抱着头流泪，在神甫要关闭教堂、夜幕降临时才离开。

维多利亚到了家里，等着玛丽吉娜丝和南敦杜休息，她想去走廊里找儒丽亚娜。像往常一样，儒丽亚娜喝着香茅茶，坐在一张简易椅子上，她猜测维多利亚遇上了一些事情。维多利亚到家时，儒丽亚娜注意到她的呼吸有些急促。维多利亚在桌边坐下，但没有吃晚饭。儒丽亚娜没有听到餐具的响动或者咀嚼的声音，于是确定维多利亚已有了罗莎同志的信息。

她想知道维多利亚到底遇上了什么事,便让玛丽吉娜丝和南敦杜早点上床睡觉。

维多利亚来到走廊上,咄咄逼人地问道:

"你的腿伤,是子弹打的吗?"

这时,儒丽亚娜知道,该把所有的故事讲出来了。

只有这样,维多利亚才能自由地选择未来的道路。

"我出卖了你母亲,"她直截了当地说,"我们把你带到你外公家之后,我伏击了她。我向上级汇报,说看到她和一个老女人在一起。他们没有马上去抓她,因为我没有离开。罗莎女士怀孕了,我不能离开。你出生之后,我开始,开始……"

"你知道现在我可以杀了你吗?"维多利亚走到儒丽亚娜面前威胁说。

"你杀吧。你觉得这样可以解决问题吗?什么也解决不了。你感受不到我爱你吗?你看看我这双瞎眼。你没有看到它们爱你吗?"

维多利亚跪在儒丽亚娜面前,趴在她怀里,紧紧地抱着她的双腿。在拍打和哭泣中,她问为什么不把真相讲出来。

"亲爱的,把谁的真相说出来?你母亲的,我的,还是你家人的?你想听什么,是将军的真相吗……你想听哪个真相?"儒丽亚娜问道。接着,她又说:"生活是不可控的。我怎么知道你会出现在这里，会来到我的家里。你以为我没有听到收音机里播放我的名字吗？你错了，是我不愿意再回想起过去。你出现之后，我倒感觉是为了消除我的罪孽，我有责任帮助你。"

南敦杜和玛丽吉娜丝听到哭声和有人大声说话，来到走廊里。儒丽亚娜请南敦杜为维多利亚倒一杯糖水，并示意她们离开。南敦杜和玛丽吉娜丝回到了房间，但并没有上床睡觉，而是在专心听她们谈话。

"扎卡里亚斯·文杜将军是个魔鬼。"维多利亚说。

"在战争时期我们都是魔鬼，但战争已经结束了。我们每个人都期待和平。"

"你和将军一直保持联系吗？你们两个是假装不认识的？"

"我听过他的名字。在你生病期间，我们两个才第一次通话。他想得到你母亲的原谅，还问她在哪里。"

"不要告诉他。他对不起外公外婆，对不起国家……对不起我不幸的出生。我现在对他只有怨恨和愤怒。"

"你母亲知道你和我在一起吗？"儒丽亚娜问道。

"是的。我在信里告诉她，我和你住在一起。我觉得她会感到高兴的。"

"罗莎同志已经走进那扇大门。我可以肯定，她依旧没有走出困境。我是她永远不会忘记的一个魔鬼。"

"我能做什么?"

"做你觉得适合的任何事情。这听起来可能很奇怪,但在这里我们大家都爱你。等等,维多利亚,请你再等一下。你是一个仍在等待的人,他们也一直在等你。"